書下ろし

女房は式《しき》神《がみ》遣い！ その2

あらやま神社妖異録

五十嵐佳子

祥伝社文庫

目次

第一話：猿《さる》出没注意！　007
第二話：季節外れの肝試《きもだめ》し　069
第三話：占い狂《きょう》騒《そう》曲《きょく》　131
第四話：狐《きつね》憑《つ》くもの怖いもの　183
第五話：文字が消える　241
解説：細谷《ほそや》正充《まさみつ》　290

山《やま》本《もと》咲《さく》耶《や》

荒山神社《あらやまじんじゃ》の神主《かんぬし》・山本宗高の一つ年上の姉さん女房。夫には秘密にしているが、実は式神遣《しきがみつか》い。また、京で代々続く陰陽師《おんみょうじ》の家に生まれたため、あやかしの姿が見え、言葉も聞こえる。面倒ばかりを引き受けてくるが心優しくまっすぐな夫にぞっこん。

山《やま》本《もと》宗《むね》高《たか》

咲耶の夫。イケメンだが異常に涙もろい。氏子《うじこ》や口さがない町屋の衆《しゅう》には「ぼんくら神主」と評され、実際のところうっかりしているが、それを気にするふうもなく他人の世話にいそしむ。不可思議《ふかしぎ》な現象が大好きなのだが、あやかしの類《たぐい》にはとんと鈍感。

ミヤ

荒山神社敷地内にある長屋の住人。居酒屋《マスや》の看板娘として働いているが、実は妖怪・化《ば》け猫《ねこ》。弟の三吉とともに暮らす。

三吉《さんきち》

ミヤの弟（として、一緒に暮らす妖怪・三《み》つ目《め》小《こ》僧《ぞう》）。見た目は十歳そこそこ。手習い所に通いながら代書屋《だいしょや》で働き、小遣いを稼《かせ》ぐ。

山本キヨノ

宗高の母。勝手にずかずか家に入ってくるや、咲耶のあら探しをして厳しい小言をいう。

一条《いちじょう》豊菊《とよぎく》

咲耶の実母。陰陽師としての力に秀《ひい》で、京から娘夫婦宅へリモート出現してくる。

山本宗元《むねもと》

宗高の父、先代の神主。あそこは代々のぼんくら神主一家、と悪く噂《うわさ》される元凶《げんきょう》。

蔦《つた》の葉《は》

咲耶の祖母。実は人間ではなく、元は山に棲《す》む白狐《びゃっこ》であり、神に近い存在だった。

一条安晴《やすはる》

咲耶の祖父。陰陽師の家柄を捨て、蔦の葉と結婚。咲耶に荒山神社を紹介した。

第一話：猿《さる》出没注意！

◇◆◇◆

黄味を帯《お》びた秋の日差《ひざ》しが降《ふ》り注《そそ》いでいる。

家の縁側で柿をむいていた咲耶《さくや》は、ふと手をとめ、荒山神社《あらやまじんじゃ》の境内《けいだい》に目をやった。楓《かえで》が真《ま》っ赤《か》に色づいている。高くなった空には鱗雲《うろこぐも》がのんびりたなびいていて、雀《すずめ》が鳴く声がかすかに聞こえた。

荒山神社は東照大権現《とうしょうだいごんげん》さまこと徳川家康《とくがわいえやす》が江戸に移られたときに、日本橋横《にほんばしよこ》山町《やまちょう》に開かれた小さいながらも由緒《ゆいしょ》ある神社だ。咲耶はその神主《かんぬし》である山本宗《やまもとむね》高《たか》の新妻で、参道の右手に建つ小さな家に住んでいる。

ごろりと横になり昼寝でもしたいようなのどかな秋日和《びより》だが、そうもいかない。

それは姑《しゅうとめ》のキヨノのせいだった。

昨日、氏子《うじこ》から渋柿《しぶがき》がどっさり届いたとき、いやな予感はした。だが、まさか百個はくだらない柿を自分ひとりに押しつけられるとは思わなかった。

キヨノは今朝早《けさ》くやってきて、咲耶にいった。

「つるし柿作りは荒山神社の嫁《よめ》に、代々受け継《つ》がれた仕事です」

キヨノがあごをしゃくると、後ろに控えていた古参の女中・はまが、柿でいっぱいの大籠《おおかご》を「よいしょ」と押し出した。

「はい、どうぞ」

キヨノは小柄でかりかりに痩《や》せているが、妙な威厳《いげん》と迫力がある。

咲耶は思わずキヨノの顔を二度見した。これまでにキヨノがつるし柿を作る姿を見たことなどなかったからだ。荒山神社に咲耶が巫女《みこ》として奉公したのが三年前。以来、つるし柿が軒先《のきさき》にぶらさがっていた記憶もない。

「作り方はわかっていますね」

即座《そくざ》に、いいえと首を横にふったのは自分でも上出来《じょうでき》だったと思う。険《けん》を含んだキヨノの目が驚きで丸くなる。

「……つるし柿の作り方を知らない？」

キヨノの頰《ほお》の縦筋《たてすじ》が深くなった。

「……とんだふつつか者で……」

「この世に、そんな者がいる?」

キヨノは頭を左右にふり、これみよがしにため息をついた。

つるし柿、つまり干し柿は、文字通り柿を軒先につるして干して作る。それがわからないとはどういうことだと、キヨノの顔に書いてある。

「柿の皮をむいて、へたを紐《ひも》で結んで、軒下に干せばいいんですよ。そこらへんの軒先にもぶらさがってるでしょう」

「……お姑《かあ》さま、お手本を見せてくださいませんか」

咲耶は途方《とほう》にくれたように畳《たたみ》の目をほじりながらしおらしくいった。

「……ああ……こんな嫁をもらうから」

頭から湯気《ゆげ》を出しながら包丁を手にとると、キヨノは柿を二個むいて、紐でへたをちゃちゃっと結んだ。

「こうして熱湯につけて、雨の当たらない軒下に干せばいいんです」

「煮るんですか?」

「煮ません! お湯に入れたら、きっかり五つ数えて引きあげる」

「なんでお湯につけるんですか? なんで五つなんですか」

「カビを生《は》やさないためにっ。それより長いと溶けるからですよ」

「結ぶのは二個ずつなんですね」

「そうと決まってるんです」

「決まってる？……それでできあがりなんですね」

「は？　そんなわけないでしょ。いちいち人の話にちゃちゃ入れて、最後までお聞きなさい！……雨に当たらないように気をつけ、七日ごとに、ひとつひとつ親指と人差し指でもんで、二十日ほどたったらやっと食べられるんですよ」

「お言葉ですが……なんで指でもむんですか？　なんで七日ごとに……」

「なんでなんでってうるさいっ！　つべこべいわずに早くとりかかってちょうだい！」

くるりと後ろを向き、足音をたてて去っていくキヨノに、咲耶は心の中であっかんべえをした。

指でもむのは、干し柿を柔らかく仕上げるためだってことくらい、咲耶だって知っている。

姑根性を隠そうともせず嵩《かさ》にかかってくるキヨノをいらつかせるには、調子を乱すに限るとわかってから、咲耶は折《おり》をみてはちびちび実践している。

うちの嫁の物知らずにもほどがある、と今回もキヨノはあちこちで吹聴《ふいちょう》するだろう。だが、それも織りこみ済みだ。

この頃では、氏子たちも「大変でしょう、あのお姑さんじゃ」と同情してくれる。咲耶が否定も肯定《こうてい》もせず、弱々しく微笑《ほほえ》むと、氏子たちは万事《ばんじ》わかっているという顔でうなずいてくれもする。

とはいえ、それもささやかな抵抗にすぎず、皮をむいて紐で結んでお湯に入れて……。それが百個以上というのは、やはり大仕事だった。

やれやれという表情で、咲耶は柿をまたむきはじめた。

「式神《しきがみ》を使えば、お安い御用なんだけど……」

咲耶には夫の宗高にも打ち明けていない秘密がある。

咲耶は陰陽師《おんみようじ》の家に生まれ育った式神使いで、その気になれば、包丁が勝手に動き、柿の皮がくるくると帯《おび》になり、踊るように紐が柿を束《たば》ね、ちゃぽんちゃぽんと湯浴《ゆあ》みをさせることだってできる。

百個だろうが二百個だろうが、お茶の子さいさいだ。

だが、ちゃんと咲耶がやっているか、キヨノは確かめにやってきかねず、式神に頼るという危険をおかすことはできなかった。

目に見えない力を人は恐れる。

京の都でさえ、陰陽師の家の娘だとわかると人はぎょっとした顔になった。ましてや江戸で、式神使いであることがわかったら、大騒ぎになってしまいかねない。何しろこちらでは陰陽師のことなど知らない人が大半。陰陽師という言葉を聞いたことがあったとしても、妖怪の親戚くらいに思っていて、キヨノもおそらくそのひとりである。

幸《さいわ》い、咲耶と宗高の住まいはかつて宗高の祖父母の隠居所だったところで、キヨノたち舅《しゅうと》姑《しゅうとめ》が住む参道の左側にある本宅とは別だった。

水屋《みずや》を兼ねている土間に田の字に並ぶ四畳半の部屋が板の間のものをふくめて四つと、二人暮らしには十分すぎる広さがあるのだが、それより何より、年中キヨノと顔を合わせずにすむというのがありがたい。

ひらひらと蝶《ちょう》が飛んできたような気がして、はっと咲耶は身体《からだ》を硬《かた》くした。

「まさか……こんなときに」

落ち葉がひとひら風に舞っている。

一度吹きあげられた落ち葉はやがて地面に落ち、かさりと動きをとめた。

ほっと咲耶の頬がゆるむ。ただの落ち葉だ。

京に住む実母の豊菊《とよぎく》が陰陽師の技を使い、蝶や落ち葉に化《ば》けて、ここ荒山神社に頻繁《ひんぱん》に訪ねてくるのも、咲耶の悩みの種だった。

豊菊は、キヨノと同じくらいいけずだ。実の母娘《おやこ》で遠慮がない分、押しの強さと人の話を聞かないという点では、豊菊に軍配《ぐんばい》があがる。

いずれにしても、咲耶がキヨノに何をいわれてもさほど堪《こた》えないのは、生まれたときから豊菊とつきあってきたおかげだった。

咲耶がつるし柿と格闘している姿を見たら、豊菊はそれ見たことかと冷笑し、早く宗高と別れて京に戻ってこいと続けるに決まっている。

またひとつ、皮をむき終えた柿を籠に並べ、咲耶はう～んと伸びをした。白の小袖《こそで》と緋《ひ》色の袴《はかま》姿に、腰まである豊かな髪をきりっと束ねた垂髪《すいはつ》がよく似合っている。咲耶は浮世絵《うきよえ》に描かれるような色っぽい美人ではないが、よく輝く瞳と、形の良い唇《くちびる》をしていて、笑うと愛嬌《あいきょう》がこぼれる。

「がんばろう。全部の皮をむかなきゃ、終わんないんだから」

あきらめたようにつぶやき、咲耶はまたひとつ、柿を手にとった。

◇◆◇◆

咲耶は京の陰陽師一族の一条家《いちじょう》の娘である。

祖父・安晴《やすはる》は伝説の陰陽師と宮中で語られるほどの存在で、帝《みかど》の覚えもめでたかったという。だが宮中の雑事と足の引っ張り合いにうんざりした安晴は、度重《たびかさ》なる慰留《いりゅう》も退《しりぞ》け、早々に引退してしまった。

今は祖母の蔦《つた》の葉《は》とともに桂川《かつらがわ》の源流近くの山里で静かに暮らしている。

そのひとり娘が咲耶の母・豊菊だった。豊菊は祖父・安晴とは真逆の性分《しょうぶん》で、物心《ものごころ》つくと田舎《いなか》の暮らしを嫌い、年頃になるや、ひとり京に出た。

宮中に伺候《しこう》し、父・典明《のりあき》と出会い、夫婦《めおと》になり、咲耶をもうけた。典明もまた代々陰陽師の血筋であり、今は一条家の婿《むこ》として参内《さんだい》している。

咲耶は京の都のど真ん中に暮らす両親の家と、山里に暮らす祖父母の家を行ったり来たりしながら育った。

母・豊菊はもう一度、陰陽師・一条家の名を宮中に轟《とどろ》かせることに今も全力を注いでいる。

「一条家といったら、誰もがひざまずき、尊《とうと》んでくれはる家どした。それをやすやすと手放して……おとうはんは今でも宮中で変わりもんのあほといわれとりますのんや。おとうはんがあほなら、わてはあほの娘、咲耶はあほの孫。悔しいやないか。もう一度、あの輝く地位を取り戻し、みなをひれ伏《ふ》させあらまほし。咲耶もぼやぼやしてる間《ま》はありまへんで。もう田舎に遊びに行くのもやめなはれ。あてが、えり抜きの陰陽師を見つけたる。一条家にふさわしい、血筋がよくて、力を持ち、出世の階段をどどっと駆《か》けあがる婿を」

咲耶が年頃になると、豊菊は縁談を探し歩いた。見つけてきては、アラを探し、難癖《なんくせ》をつけ、これもあれもダメだと排除するのも豊菊だったが。

だが咲耶は、豊菊と同じ気持ちにはなれなかった。宮中は自分のいるところではないと思っていたからだ。

言葉の端々《はしばし》に罠《わな》を潜めているようなもってまわった物言い、人が失脚すれば喜び、昇進すればむっと押し黙る人間関係……そんなものにふりまわされ、日々を過ごすなんてまっぴらごめんだった。

額《ひたい》に汗してもいい。穏《おだ》やかに笑って、日々を過ごしたい。祖父母のように夫婦仲良く、お互いを認め合って。

けれど母のもとにいたら、いずれ、豊菊の思うようになり、逃げ場がなくなる。

それには京から離れなければならなかった。祖父母の住む里でも近すぎる。豊菊が訪ねてこようとしても、おいそれとやってこられない土地に行くしかない。

十八の春、突然、ひとりで江戸に行きたいといいだしたとき、父は咲耶が正気《しょうき》を失ったか、悪いものにとり憑《つ》かれたのではないかと顔色を変えた。

豊菊は「けったいなことを」と鼻で笑い、本気にしなかった。

咲耶の思いをわかってくれたのは祖父母で、やがて祖父・安晴は「後のことはわしらにまかせて、江戸に行きなはれ。江戸に行ったら、日本橋ゆうところにある荒山神社を訪ねなはれ。毒にも薬にもならんところやもしれへんが、住み込みで巫女として働けるよう、人を介《かい》して頼んどいたさかい」と咲耶の背中を押してくれた。

こうして、咲耶はなんとか江戸に出てきたのである。

当初は、キヨノの傍若無人《ぼうじゃくぶじん》な物言いに驚き、当時神主だった舅・宗元《むねもと》のやる気のなさと無責任ぶりにあきれ、なぜこの荒山神社を、陰陽師の中の陰陽師である安晴が紹介したのか、腑《ふ》に落ちない思いにもかられた。

ただ荒山神社には、澄《す》みきった清々《すがすが》しい風がいつも吹いている。木々に囲まれた参道は、夏には木陰《こかげ》となり、冬は木々が葉を落とし、陽《ひ》の光に明るく照らされる。

境内には大きな御神木《ごしんぼく》のモチノキがそびえ、傍《かたわ》らには桜や梅、ツツジ、夏《なつ》椿《つばき》、楓が植えられており、季節の移り変わりを肌で感じられる。

そして巫女として働きはじめて三年が過ぎたとき、熊野《くまの》での修行を終えた跡継《あとつ》ぎの宗高が帰ってきた。

神主を継いだ宗高とともに働くようになり、咲耶は笑うことが増えた。

神事を大切にし、氏子を思う神主であるのはもちろん、宗高はほがらかで、あっけらかんとしていて、どこか荒山神社に吹く風に似ていた。

どんなことがあっても宗高はむきにならない。居丈高《いたけだか》にもならない。相手が武士でも大商人でも臆《おく》することなく、誰にも穏やかに接する。ぼんくらといわれるほど人もいい。

持ちこまれるやっかいごとも、こんがらがった結び目を根気《こんき》よくひとつひとつほどいて、なんとか丸く収める。咲耶がキヨノに嫌《いや》みをいわれていれば、さりげなくキヨノを制し、咲耶をかばってくれる。

見えない世界が見えないのに大好きで、信じられないほど涙もろくもある。

いつしか、宗高といると心が柔らかくなることに咲耶は気づいた。この人と一緒に生きていきたいと淡《あわ》い想いを抱くようになったのは、それからすぐだった。

咲耶二十二歳、宗高二十一歳。

嫁にしたかった意中の娘がいたキヨノの大反対も、宗高は柳《やなぎ》に風と受け流し、ふたりは出会ってから半年後、夫婦になった。

夫婦になって、咲耶は宗高がもっと好きになった。


「ずっと家にこもっていると思ったら……」

顔をあげると、宗高が縁側に並んだ柿を前に一重《ひとえ》の涼《すず》しげな目を丸くしている。すらっとした身体に白の単《ひとえ》と浅黄《あさぎ》色の袴という神主姿がよく似合っていた。

「つるし柿作りは荒山神社の嫁の心得《こころえ》だって、お姑《かあ》さんが」

「嫁の心得？　へぇ～知らなかったな」

笑うと宗高は少年のような面差《おもざ》しとなる。

宗高は水屋からもう一丁、包丁をとってきた。

「加勢するよ」

「宗高さんに手伝わせたなんて知れたら、お姑さんに叱《しか》られちゃうわ」

「叱られたっていいさ」

そういって、宗高は不器用な手つきで皮をむきはじめる。

「ほら、できた」

「できればもう少し、薄くむいてくれると……」

宗高が眉《まゆ》をあげる。

「食べるところが残っていないか」

「そうとまでは……」

「薄く薄く……合点《がってん》承知《しょうち》のすけだ」

それからはふたりで黙々《もくもく》と柿をむいた。

「……自分が安倍晴明《あべのせいめい》なみの陰陽師だったらいいなと思うのは、こんなときだな」

ふいに宗高がつぶやいた。咲耶はぎょっとして、首をすくめる。

「平安の昔、安倍晴明は式神にいろんなことをさせたっていうじゃないか」

確かに安倍晴明が式神に女人《にょにん》の格好《かっこう》をさせ、近くにはべらせたという話はよく知られている。

「安倍晴明だったら、式神に柿の皮をむかせられるんじゃないか」

「ええ。そうかもしれませんね……安倍晴明がつるし柿を作ることがあればの話ですけど」

ふたりは顔を合わせて微笑みあう。

「本来、式神はそんな雑用をするためのものじゃないけどな」

またひとつむき終えて、宗高は新しい柿を手にとった。

「咲耶は陰陽師や式神のこと、知ってるか？」

「まあ多少は耳学問《みみがくもん》で……京に住んでいましたから」

咲耶はもごもごといった。

「なら話が早い。式神は宮中で陰陽師が用《もち》いる鬼神《きじん》、見えない力だ。害をなす悪《あく》霊《りよう》などを退け、宮城や貴人を守るために使われるものなんだ」

「はぁ……」

「その式神に雑用をさせるってのは、よほどの使い手らしいぜ。安倍晴明の逸話《いつわ》はそれだけすごい式神使いという証《あかし》だってさ」

咲耶はあいまいにうなずく。

陰陽師の中で育った咲耶は幼いころから見よう見まねで式神を使い、気がつくといっぱしの使い手となっていた。

実をいえば咲耶は毎朝、式神に掃除《そうじ》や洗濯をさせている。唇をちょっと動かせば箒《ほうき》がひとりでに立ちあがり、しゃっしゃと埃《ほこり》を集め、きゅっと絞《しぼ》ったぞうきんが廊下を行き来し、洗濯ものは桶《おけ》に飛びこみ、物干し竿《ざお》にぶらさがる前にはパンパンと自ら音をたてて勢いよくはためく。

ただ、このことは宗高には絶対に内緒だ。

◇◆◇◆

ずら〜っとつるし柿が本宅の軒下に並ぶ様子は圧巻《あっかん》だった。

秋の日を浴びた柿の色は、目にしみるほど鮮《あざ》やかだ。

咲耶は境内につっ立ったまま、ほれぼれとつるし柿を見つめていた。

昨日、宗高にも手伝ってもらい、遅くまでかかって、なんとか干せる状態まで仕上げた。

だがこの朝、家の軒につるそうとしていたら、キヨノがすっ飛んできた。

「干すのはこっちじゃなくて、うちの、本宅の軒ですよ。まったく、気がつかないったらありゃしない。荒山神社のつるし柿なんですから」

というわけで、咲耶は柿をかついで本宅まで何往復もしてようやく干し終えたのだ。

その後、キヨノは喜色満面《きしょくまんめん》で干し柿の前に立ち、次々にやってくる氏子たちにあたかも自分が作ったかのような顔で披露《ひろう》した。

やっとキヨノの気が済んで家に引っこみ、咲耶はひとり、我ながらよくやったと、つるし柿を感慨《かんがい》深く見つめていたところだった。

ふっと背後に気配を感じ、ふりむこうとした瞬間、

「さぁくやさぁ～ん」

耳元で声が炸裂《さくれつ》し、咲耶は飛びあがりそうになった。ふりむくと、年頃の娘が大きなつり目を細めて笑っている。ミヤだった。鼻と鼻がぶつかりそうなほど至近距離で、黒い瞳孔《どうこう》が細くなったり丸くなったり揺れている。

「こんなにいっぱいぶらさげて、つるし柿屋でもはじめるの？」

黄八丈《きはちじょう》の着物を小粋《こいき》に着たミヤは、軽くグーに握《にぎ》った右手を手首からちょろりと曲《ま》げ、小首をかしげた。

「氏子さんからいただいたのよ、渋柿を。だから……」

「指が真っ赤じゃない。やだ。いちいちご丁寧に柿の皮むいたの？」

「だからちょっとかゆくて」

「どれどれ……あちゃ。慣れないことするからよ。こういうときこそ、式神を使えばいいのに。宝の持ち腐れじゃない」

咲耶はあわてて口元に人差し指をあてる。

「人には人の事情が……。とにかくここで大声で式神とかいわないで」

「ああ……そうだった」

ミヤはしげしげと咲耶を見て、けろりとうなずいた。

ミヤは宗高と咲耶の住まいと塀を隔《へだ》てたところにある荒山神社の長屋の住人で、十歳というふれこみの弟・三吉《さんきち》と暮らしている。

だがミヤと三吉は人ではない。ミヤは化《ば》け猫《ねこ》、三吉は三《み》つ目《め》小僧《こぞう》という妖《あやかし》だ。

ミヤは表長屋の居酒屋《マスや》の看板娘《かんばんむすめ》として働き、三吉は手習いに通う傍ら、一日おきに両国広小路《りょうごくひろこうじ》の代書屋《だいしょや》《文栄堂《ぶんえいどう》》で手紙の代書や配達をして小銭をもらっている。

江戸にはこのところ、ふたりのように、人に紛《まぎ》れて他にもたくさん妖が棲《す》みついていた。

ふたりは妖ならではの勘で、咲耶が陰陽師の使い手であり、妖の血が流れていることをすぐに見破った。同様に、咲耶もふたりの正体をひと目で見てとった。

そう。咲耶には妖の血も流れている。祖母・蔦の葉は、神に近いといわれるほど高位の妖・白狐《びゃっこ》だった。といって咲耶にできるのは、妖と人を見分けられることだけなのだけど。この点、母の豊菊も同様である。

ミヤは頬に手をあて、ぽろりという。

「猿に狙われないようにしなきゃね」

「猿？」

「猿は柿に目がないから」

「もう、ミヤったら。猿がこんなところに来るわけないでしょ」

山里ならともかく、横山町は江戸のど真ん中である。だが、ミヤは鼻で笑った。

「甘いね。はい、これ」

ミヤはひょいと一枚の紙を差しだした。「大猿、浅草《あさくさ》で大暴れ」と書いてある。

「今日の読売《よみうり》よ。猿が団子《だんご》や饅頭《まんじゆう》を盗んだり、やりたい放題だって」

猿が江戸の町中に現われたとは、咲耶も聞いていた。だが、江戸屈指《くっし》の歓楽《かんらく》街《がい》・浅草に出没したとは初耳だ。

読売には、岡《おか》っ引《ぴ》きや町火消《まちびけし》に属する鳶《とび》が総出で追いまわしたものの、するりと逃げられ、このままでは猿が山に帰る気になるのを待つしかないだろうと書いてある。

「今年は雨が多かったから、山の食べ物が足りず、背に腹は替《か》えられなくて、人里に下りてきちゃったんじゃない？」

そこに、氏子のウメ、マツ、ツルの三人が連れだってあらわれた。

「まあ、見事なつるし柿だこと」

「あたいの大好物」

「嫌いな人なんていないでしょ」

ウメは下駄《げた》屋の隠居で喜寿《きじゅ》（七十七歳）も過ぎていて、ひ孫や玄孫《やしやご》までいる。

マツはお茶屋の隠居で、ツルはせんべい屋の隠居だった。

お茶のみ話を楽しみに連日、社務所《しゃむしょ》に通ってくる三人は、氏子の間では秘《ひそ》かに仲良し三婆《さんばば》とよばれている。

たちまち三人に取り囲まれた咲耶に、ミヤは「ほんじゃ」というと帰って行った。ミヤは話が長い三婆が苦手なのだ。

社務所で、咲耶がウメたちにお茶を出すと、やはり猿の話になった。

「在《ざい》のほうならともかく、よりによって浅草に出たなんてねぇ」

「あんた、猿、見たことある？」

「正月に猿回し、来るじゃない」

三人とも、猿回しの猿はかわいらしいとうなずきあう。

「咲耶さんは？」

「子どものころ、山の近くに住んでいましたから」

三人はえっと言葉を呑《の》みこみ、身をのりだした。

「野放しの猿を見たことあるの？」

「ええ。京の山にはいっぱいいますし」

「京って御所《ごしょ》があって、公家《くげ》とかが住んでるところじゃなかった？」

「京の町は江戸より小さいですから、ちょっと行くと山なんです。だから、町中に猿が出てくることもしょっちゅうですし……私の祖父母は里に住んでいますから、そこには猿が普通にわさわさいて」

三人はまた顔を見合わせる。

「京っていったらてっきり、みんな平安貴族みたいに十二単《じゆうにひとえ》かなんか着て、顔を真っ白に塗《ぬ》ったくって、額に丸い眉を墨《すみ》でぽやんと描いて、髪を横にぶわっとふくらませて……なんていったかね、あの髪型……」

「お、おす、おすべらかし？」

「そうそう。それででっかい扇《おうぎ》なんかで顔を隠してすましこんでさ……そういう人ばっかりが住んでると思ってた」

人の話に誰かが割りこみ、その途中でまた別な人が割りこむ。

もはや三婆の誰がしゃべっているかもわからない。

咲耶がぴちっと口を閉じたのは、三婆の脳裏《のうり》に浮かんだ平安貴族の姿がまさに実母・豊菊のそれであるからだ。

「なのに、猿も出るとはね……それもわさわさだって」

「案外、田舎なんだね」

「咲耶さんは、京の山だしだったんだねぇ」

三人はしみじみとうなずきあい、また猿の話に戻った。猿と遭《あ》ったらどうしよう、逃げた拍子《ひようし》に転んだりしたら大変だ、襲われたときに備えて棒を持ち歩こうか……話はつきない。

「もし突然出食《でく》わしても、こっちから近づいていったり、目を合わせたりしなければ、よほどのことがない限り、襲われませんよ」

咲耶がいったそのとき、境内に目をやったマツがはっと腰を浮かした。

「どうしたの、おマツさん」

ウメが目をみはる。

「今、何かが境内を横切ったような……」

「何かって？」

「黒いもの」

「まさか猿じゃ？」

三人は年寄りとも思えぬ素早さで境内に飛び出す。あわてて咲耶が後を追った。本殿の前で宗高が庭箒をはっしと構えている。

その視線の先、御神木のモチノキから、カァという鳴き声が高らかに降ってきた。ウメがぺちっと自分の額をはたく。

「……烏《からす》？」

「猿かと思ったけど」

「そうそう都合よく、現われないよ」

宗高が構えを解《と》き、みなが社務所に戻ろうとしたとき、ばたばたと羽音が響き、鳥が枝から飛びたった。

思わず見上げた目に飛びこんできたのは、猿だった。

しかも一匹ではなく、三匹も。

猿たちは本殿の屋根の上に並んでいた。

屋根から御神木のモチノキにふわりと飛び移り、梅、桜と、枝から枝を渡って鳥居の外に向かっていく。三匹のよく似た猿が、次々に走っていく。

三婆はもちろん、宗高も咲耶も信じられないという表情で息を呑み、ぽかんと三匹が消えたあとを見つめた。

「読売の猿かな」

「違うんじゃない？」

「あっちは一匹、こっちは三匹だもの」

よく似た婆三人が顔を見合わせた。

◇◆◇◆

咲耶が唇をきゅきゅっと動かすと、かまどに火が熾《おこ》った。一瞬にして包丁がひとりでに大根の皮をくるくるとむきはじめたと思いきや、銀杏《いちょう》切りになった。

いつのまにかかまどの上には釜《かま》がのっていて「初めちょろちょろ、中ぱっぱ、赤子泣いてもふたとるな」と炎が調整され、大きな木蓋《きぶた》の隙間から白い湯気《ゆげ》がたっている。

大根は小鍋《こなべ》の中に自ら飛びこみ、網に置かれた干物もひとりでくるんと裏表逆になった。いい具合に焼き色がついている。

洗濯済みの手ぬぐいは宙に浮かぶや、一枚一枚角をきちっと合わせ、次々に積みあがっていく。

咲耶はといえば麦湯を飲みながら、つるし柿作りで荒れた手に軟膏《なんこう》を塗っていた。夕暮れが近づき、風が冷たくなっている。

そのとき、境内から子どもの声が、続いて宗高の声が聞こえた。

「でしたら、どうぞこちらへ」

咲耶はすかさず式神の動きをとめ、洗濯ものを次の間に押しこんだ。

「夕方の忙しいときにすみません……お邪魔します」

宗高が連れてきたのは、浜町堀《はまちょうぼり》近くの村松町《むらまつちょう》の表長屋で佃煮屋《つくだにや》《十亀屋《とがめや》》を営《いとな》むトキだった。

トキは二年前に亭主の八兵衛《はちべえ》を流行《はや》り病《やまい》で亡《な》くしたが、夫婦で営んでいた佃煮屋を今もひとりで切り盛りし、七歳のゆき、五歳の太一《たいち》、四歳のみゆ、三人の子どもを育てている肝《きも》っ玉《たま》母さんだ。

「子連れですみません」

茶の間に通すと、子どもたちは言い含められていたらしく、トキの後ろにおとなしくちんまりと座った。みんな肩をしょんぼり落としている。

トキはふっくらした手で膝《ひざ》をぎゅっとつかむと、二月《ふたつき》ほど前に、斜《なな》め裏の仕舞屋《しもたや》に引っ越してきた女・タカから嫌がらせを受けて困っていると、沈んだ声でぼそぼそ切り出した。

「佃煮の匂いが臭《くさ》くて頭が痛くなるとか、子どもたちやお客の声がうるさいとか、なんにでも因縁《いんねん》をつけてくるんですよ」

佃煮屋だから、煮炊きの匂いはしてしまう。客商売なので、お客と時候《じこう》の挨拶《あいさつ》もすれば、軽口をたたきあい、笑い声をあげることだってある。

店の前に木箱を置いているのは亭主がいたときからで、客同士が座っておしゃべりを楽しむのも今に始まったことでない。

育ち盛《ざか》りの子どもたちに店の前で遊ぶな、声を出すなともいえない。

「その上、今日、おタカさんがうちの佃煮にアブラムシが入ってたって、怒鳴《どな》りこんできて……」

トキは顔を真っ赤にして言い返したらしい。

——うちの佃煮なんか買ったことないじゃないか。

タカはへろっと言い捨てた。

——もらったんだよ。

——誰に。

——そっちの知ったことかい。

「あたし、悔しくって……」

トキは首にかけていた手ぬぐいで目頭《めがしら》を押さえた。

「母ちゃん、大丈夫？」

長女のゆきが心配そうにトキの顔をのぞきこむ。トキは無理に笑顔をつくり、ゆきの肩に手を置いた。

「安心おし。母ちゃんはへこたれないから」

母を気遣うしっかり者のゆきとは違い、幼い太一とみゆはしばらくはおとなしく座っていたものの、気がつくと茶簞笥《ちゃだんす》の前に移動していた。

「金太郎《きんたろう》がいる」

「熊みたいなものもいる！」

茶簞笥の上に飾られていた金太郎の目がきょろりんとうれしそうに動いたことに、咲耶は気がついた。

金太郎は作られてから百年以上たち、付喪神《つくもがみ》となった木彫《きぼ》りの人形だ。九州の伊万里《いまり》からの船荷になぜか紛れこんで、伊勢町《いせちょう》の瀬戸物《せともの》問屋《山崎屋《やまざきや》》にはるばるやってきた。だが山崎屋の主《あるじ》が床《とこ》の間に飾ると毎朝金太郎の足元に涙がたまるという怪異が起き、相談された宗高がこの夏、もらい受けた。

金太郎の相棒といえば熊。そこで宗高が木を削《けず》り熊のようなものを作ってやると、嘘《うそ》のように金太郎の涙が止まった。新しい相棒を得て、金太郎も今では元気をとり戻している。

この一件で宗高は、物言わぬ人形の気持ちがなぜかわかったと、己の見えないものを感じる力に、自信を深めたようでもある。

「金太郎、触ってもいい？」

太一がふり返って咲耶を見た。

「いいわよ」

「あたいもいい？」

「もちろんよ」

咲耶はそういいながら子どもたちのそばに座り直す。

トキの話は続いていた。

嫌がらせをしているタカは四十がらみの女で、ひとり暮らしだという。

「差配人《さはいにん》さんや岡っ引きの友助《ともすけ》さんにも相談したんだけど、らちがあかなくて」

タカはふたりにとっても、すでに札付《ふだつ》きの女だったのだ。

家の前で遊んでいる子どもたちを箒で追っ払ったタカに、そこまですることはないだろうと諭《さと》しに行った差配人の吉蔵《きちぞう》まで箒で打ち据えられそうになった。

岡っ引きの友助にもタカは食ってかかった。

――うちの前で大騒ぎしている子どもをなんとかするのがそっちの仕事だろ。それをなんだい。こっちが悪いみたいに。子どもの声がうるさくて頭が痛くなるんだ。それであたしが寝付いたら、あんたたちは何かしてくれるのかい？　岡っ引きだのなんのっていったって、何もできやしないくせに！

「ふたりともお手上げだって腰がひけてるんです」

話をじっと聞いていた宗高が首をひねる。

「子どもを怒鳴りつける、差配人さんや友助さんにも耳を貸さない。そりゃ、相当だなぁ」

「そうなんですよ。引っ越してきたら、お邪魔しますってなもんで、普通はその町の人や流儀になじむまでおとなしくしてるもんじゃないですか。それが勝手なことばっかりして。無理が通れば道理が引っこむと思ってるんだ。そうはいきませんよ。あたしは商売やって、子どもを育てなきゃなんないってのに。宗高さん、なんとかしてもらえませんか」

きつく握りしめたトキのこぶしが震《ふる》える。

「気の毒に……」

宗高は鼻をすすりあげた。またはじまったと咲耶はあわてて宗高の隣に戻った。宗高は人が驚き、あきれかえるほど涙もろい。悩みを聞きながら、人より先に涙ぐんでしまう。

美男で、誠実に神職の仕事を続けているにもかかわらず、今ひとつ軽んじられがちなのは、この泣き癖《ぐせ》のせいでもあった。

咲耶はぐすぐすいっている宗高に代わり、トキにいった。

「神主ですからできることは限られますが、明日にでもうかがってみます。はい……ねっ」

「できることはさせていただきます」

すがるような目で見つめるトキに、宗高が目をしばしばさせながらうなずく。

トキは売り物のあさりの佃煮を、ほんの気持ちだと咲耶に手渡した。

子どもたちは金太郎に律儀《りちぎ》に「またね」と手をふって帰っていった。

夜、行灯《あんどん》の火を消そうとした咲耶に金太郎がそっとつぶやいた。

「ええ子やな。おゆきちゃんも、太一も、おみゆちゃんも。元気いっぱいや。……おかあはんが暗い気持ちでいたら子どもが不憫《ふびん》やで。頼むな、おトキはんのこと」

「わかった。がんばってみるね」

咲耶がそういうと、金太郎はにこっと笑って満足げに目を閉じた。

◇◆◇◆

翌日の昼過ぎ、咲耶と宗高は村松町に出かけた。

十亀屋に近づくにつれ、甘じょっぱい匂いがしてきた。

通りでは近所の子どもとゆきたちが鬼ごっこをしている。

姉《あね》さんかぶりをしたトキが店先で客の相手をしていた。

「おトキさん、あさりの佃煮をこの皿に入れておくれ」

「こっちは小女子《こうなご》ね」

「この店の佃煮は生姜《しょうが》がぴりっときいてるのがこたえられないんだよ」

「ご飯が進むのよ」

店の前に置かれた木箱に座りこみ、買い物帰りに話に興《きょう》じている客もいる。子どもたちの声に、近所のおかみさんたちのおしゃべりが加わる。

「なるほど賑《にぎ》やかだが、うるさいってほどじゃないよな」

「ええ。これで文句をつけるなんて」

宗高が咲耶の袖を引き、「あれじゃないか」とささやいたとたん、しゃがれ声が響き渡った。

「おトキ。アブラムシの佃煮を今日も売る気かい？」

通りの先から歩いてきた四十がらみの痩せた女が仁王立《におうだ》ちになってにらんでいる。蒼白《あおじろ》い顔、目が鋭く光っている。

店からあわててトキが出てきた。

「おタカさん、根も葉もないことをいうのはよしとくれ」

客たちは後ずさり、店を遠巻きにした。

「店のそこらじゅうにアブラムシが這いまわっているじゃないか」

「あたしは癇症《かんしょう》（きれい好き）なんだ。毎日、水一滴のこさず鍋も拭《ふ》きあげる。うちの店にアブラムシが入りこむ間なんてないんだ」

「夜中、アブラムシがぞろぞろ列になって歩いてるくせに。邪魔なんだよ、こんなもの！」

タカは目を怒らせ、腰掛けがわりの木箱を蹴飛《けと》ばした。木箱が転がってきて、咲耶はうわぁっと飛びのいた。想像していた以上に、ことはこじれている。針でつつけば爆発しそうなほど剣呑《けんのん》な雰囲気だ。

「落ち着いてください。ふたりとも」

にらみあうふたりの間に宗高が果敢《かかん》に割って入ろうとしたとき、叫び声が聞こえた。

「猿だ！」

見上げると、十亀屋の屋根に猿が三匹、ちょこんと座っていた。見物人はもちろん、タカとトキもケンカを忘れたように、あんぐりと口を開け、猿を見つめた。

「こんなことしちゃいられない」

トキは店にあわてて戻り、猿に佃煮をひっくり返されないように、ばたばたと奥に鍋をしまいはじめた。

「猿に店が荒らされれば、評判になって客が増えるだろうよ」

それを汐《しお》に、タカは捨て台詞《ぜりふ》をはき、きびすを返した。

猿はしばらくして現われたときと同様、静かに屋根の向こうに姿を消した。

ミヤと若い男が駆けてきたのはそのときだった。

「猿はどこだ？」

男はあえぎながら咲耶に聞いた。

「もうどこかに行っちゃいましたよ」

「ああ、遅かりし由良之助《ゆらのすけ》……しかし姉さん、足が速いのなんのって韋駄天《いだてん》だねえ」

男はへたりこみ、恨《うら》めしそうにミヤを見た。

韋駄天は足がめちゃくちゃ速い神さまだ。実際、ミヤの息はまったく乱れていない。化け猫のミヤはふだん寝てばかりだが、いざ本気で走ったら並の人はとてもかなわない。

事情が吞みこめずにいる咲耶に、ミヤがすまして耳打ちする。

「町をぶらぶらしてたら、ばったり読売屋の兄さんと出会ったんで、昨日荒山神社に猿が出たよと教えてあげたのよ。そしたら猿だって叫び声が聞こえて、一緒に走ってきたんだ」

「……姉さんの耳がいいのにもたまげた……」

ミヤは地獄耳で、どれだけ離れていても聞きたいものは聞き逃《のが》さない。興味がなければすぐそばで話していても、右から左の耳に流してしまうのだけど。

ふいに宗高はキィッ、キュルルというおかしな声を出した。咲耶がふり返る。

「どうなさったんです？　宗高さん」

「熊野で修行をしたときに身につけた、猿寄せの鳴き技だ」

臆面《おくめん》もなく宗高は猿の鳴き声を繰り返す。人の好奇の目にさらされても、宗高はいたって大まじめだ。

意外なことに、いや案《あん》の定《じょう》、猿は戻ってこない。

あきれたように宗高を見ていた読売屋は、筆と帳面をとりだした。

「神主さん、どんな猿だったか教えておくんな」

「きれいな猿でしたよ」

「猿にきれいもきたないもあるのかね」

「ありますよ。どれもきれいな毛並みの猿でした。一匹は暗めの茶色、もう一匹は灰色がかった茶色、残りは赤っぽい茶色だ。大きさはほぼ同じ。暗い茶色がやや大きく、赤っぽい茶色の猿が少しばかり小さかったが」

あのわずかの間にそれだけ猿を観察していたとは、やはり宗高はたいしたもんだと咲耶も舌《した》をまいた。猿寄せの技を持つだけのことはある。

「浅草に出た猿じゃねえな。何か悪さをしたかい？」

特に何もしていないというと、読売屋の口がぽかんとあいた。

「食い物もとらない、悪さもしない……三猿《さんざる》だからか？」

三猿といえば大権現さまを祭った日光東照宮《にっこうとうしょうぐう》に彫られた猿で、「見ざる、聞かざる、言わざる」つまり「悪い行ないを見るな、悪い言葉を聞くな、悪い言葉を口にするな、良いものだけを子どもには見せよう」というものだ。

「三猿だとしたら……神猿《しんえん》だったのかもしれん」

目を輝かせた宗高を、読売屋はうさんくさそうに見て、また猿が出たらよろしくといい残し、行ってしまった。ミヤはとっくに姿を消している。

このところお天気続きで、道は乾ききっていた。何気《なにげ》なく読売屋の後ろ姿を目で追っていた咲耶は、人々が歩くたびに細かな土埃《つちぼこり》が舞いあがることに気がついた。大八車《だいはちぐるま》が通れば、膝近くまでも埃が立ちのぼり、白くかすむほどだ。

足元に目をやると、咲耶の白足袋《しろたび》にも土埃がいっぱいくっついていた。

猿のふさふさとした毛なら、埃まみれになっていてもおかしくない。だが、三匹の猿は宗高がいった通り、櫛《くし》でといたようにきれいな毛並みだった。

十亀屋にふたりが入っていくと、トキは精《せい》も根《こん》もつきはてたように上がり框《がまち》に腰をおろしてどっかり座りこんでいた。

「どさくさに紛れて帰ったけど、いつまであの嫌がらせが続くのか」

「お察しします」

「情けなくって……」

トキはもう一度短いため息をもらし、首にかけた手ぬぐいで目をぬぐった。

なぜ、タカはトキにつっかかってくるのか。何かきっかけがあったのか。

トキは心当たりがないというが、恨みとはやっかいなもので、本人が知らないうちに買ってしまうこともある。

「友助さんと吉蔵さんに話を聞いてみるか」

十亀屋を出たふたりは自身番《じしんばん》に向かった。自身番は次の辻にある。

あいにく差配人の吉蔵は出かけていたが、岡っ引きの友助は書き役の男と火鉢を囲んで世間話をしていた。

タカの名を持ち出すと、友助は苦い表情で頭をかいた。

「どやしつければ箒をふりまわすし、危なっかしくてたまったもんじゃねえ。けど、盗みの類《たぐ》いじゃねえから、こちとらも手の出しようがねえんですわ」

三十をいくつか過ぎたばかりの友助は小柄だが筋骨《きんこつ》たくましく、真っ黒に日焼けしている。友助はタカがトキに遺恨《いこん》を抱く理由はないだろうと続けた。

「おトキは気心のいい女だ。肝っ玉も据わってて人当たりもいい。佃煮も安くてうまい……おトキを嫌いなヤツなんていねえんじゃないか」

うんうんとお人好《ひとよ》しの宗高はうなずいているが、だからこそ目障《めざわ》りだと思う人だっていないことはない。咲耶は友助にたずねた。

「おタカさん、こちらに越してくる前は、どこに住んでたんです？」

「小松町《こまっちょう》の《一文字屋《いちもんじや》》って聞いたことがねえか？」

一文字屋は本好きにはつとに名の知れた貸本屋だ。タカはそこの女将《おかみ》だったという。だが三年前に亭主の忠吉《ちゅうきち》が死に、半年前にひとり息子の忠太郎《ちゅうたろう》が病で亡くなった。

「気の毒に……逆縁《ぎゃくえん》なんて」

咲耶はそっと顔をしかめた。友助が首をなでる。

「息子さんは長く労咳《ろうがい》を患《わずら》っていたとかで」

タカは、忠太郎を失うとすっかり力を落とし、店を閉じることも考えたらしい。

「だがそれじゃ奉公人も路頭《ろとう》に迷っちまう。一文字屋ののれんももったいない。そこで後ろ盾《だて》になってくれる版元を探し、番頭《ばんとう》が店を買い取ったそうだ。奉公人をひとりも辞めさせないという条件で、ずいぶん安くゆずってやったらしいぜ」

咲耶は宗高と目を合わせた。まるでいい人ではないか。友助が頭をかいた。

「それがどうしてこうなっちまったのか。……宗高さん、お夕カが元に戻るようにお祓《はら》いできないかね」

「いやいや、そういわれても……」

宗高は苦笑した。お祓いは万能ではなく、祓えるものと祓えないものがある。実際、タカに何かがとり憑いている気配は皆無《かいむ》だった。

結局、タカが暴《あば》れる姿をこの目で見たというだけで何もわからないままだ。

「何があったんだろうなぁ。おタカさんに」

「気になりますね」

翌日、咲耶は少しでも事情を知るべく、小松町の一文字屋に足をのばした。宗高も差配人に話を聞きに再び村松町の自身番に向かった。

小松町は日本橋のたもとから京橋《きようばし》寄りにある、楓川《もみじがわ》の入堀《いりぼり》を埋め立ててできた町だ。

菓子屋、小間物《こまもの》屋、染め物屋……小さな店が軒を並べる中で、一文字屋は間口二間半（約五メートル）もある大きな店だった。

貸本をかついで町を回る男たちは既に出払っていたが、直接本を借りに来る客も引きを切らず、店は繁盛《はんじょう》している。子ども向けの絵草子《えぞうし》もあるらしく、店の中から子どもたちの明るい声も聞こえた。

「あのぉ。御用はなんでございましょうか」

足をとめて中をのぞきこんでいた咲耶をめざとく見つけて、小僧が店から走り出てきた。

「以前、こちらのおタカさんにお世話になったものですが、近くまで参りましたので、ご挨拶をと……」

咲耶はすらすらと口にした。今のタカのことを口にするわけにもいかず、方便《ほうべん》である。ちょっと戸惑うような表情を浮かべ小僧は奥に入っていく。

待つほどのこともなく、小僧は戻ってきた。

「どうぞ。主がお目にかかるといっております」

入り口を入ってすぐが土間になっていて、奥に本がうずたかく積まれている板の間がある。親子連れが何組も板の間に腰掛け、絵草子を選んでいた。

板の間の上がり框に、温厚そうな中年の男が手をついていた。

「おタカさまのことでいらしたとか……私、一文字屋の主・右之介《うのすけ》と申します」

タカはここを引き払い、今は村松町に住んでいると右之介はいった。

「一粒種《ひとつぶだね》の忠太郎さんを失い、すっかり意気消沈《いきしょうちん》なさり、番頭だった私に店をゆずってくださったんです。これまで店のために尽くしてくれたからと。……で、おタカさまとはどういう……」

「日本橋で鼻緒《はなお》が切れたとき、直していただいたことがありまして……」

「はぁ、そうでしたか。そのお姿からてっきり平松《ひらまつ》神社の方かと……」

白の小袖に朱色の袴姿の咲耶を、右之介は改《あらた》めてながめた。

「平松神社？」

「この先にある神社でございます」

タカは平松神社に忠太郎の病気平癒《へいゆ》を祈り続けていたという。

礼を述《の》べて一文字屋を出た咲耶は、誘われるように平松神社に足をのばした。

小さな神社だった。

鳥居をくぐり、十歩も歩くと祠《ほこら》についてしまう。だが近所の人が掃除をしているのか、祠にはきれいな水が供《そな》えられ、まわりには細い茎《くき》に米粒のような赤や桃色の花をぎっしりつけた水引《みずひき》が群《むれ》をなしている。

息子の病が治るように願っていたタカの姿を思い描きながら、咲耶はタカがトキへの意地悪をやめてくれるように祠に手を合わせた。

日本橋を渡り、本町《ほんちょう》一丁目の角を曲がり、浜町堀を渡ったところで、咲耶を呼ぶ声が聞こえた。宗高だった。

咲耶は笑顔で宗高に駆け寄る。

「吉蔵さんと会えました？」

「ああ、吉蔵さんも頭を抱えていた。吉蔵さんは、元は紙問屋の番頭だったろ。商売でも一文字屋さんとつきあいがあったらしい。一文字屋さんにいたころのおタカさんはしっかり者で、みなから慕《した》われていたそうだ。……何かがとり憑いちまったんじゃないか、だったら祓ってやってくれって、またいわれて、往生《おうじょう》したよ」

友助といい吉蔵といい、気安く祓え祓えといってくれる。

咲耶も右之介から聞いたことを宗高に語って聞かせた。

知れば知るほど、一文字屋でのタカと今のタカが同じ人とは思えなかった。

◇◆◇◆

荒山神社に戻ると、参拝の客がいつもより多い気がした。

「咲耶さん、宗高さん、これをごらんよ」

社務所にいたウメが、ふたりを手招きして得意げに読売を差しだす。

『三猿見参《けんざん》！　神猿現わる』と大きな文字が躍《おど》り、毛が金色に輝く霊験《れいげん》あらたかな三匹の猿が横山町の荒山神社と村松町の十亀屋に現われたと書いてある。

息を切らしてへたりこんでいた読売屋の兄さんの顔を、咲耶は思い出した。町内を必死に走りまわったのを無駄足にしないために、この記事をなんとか仕立てあげたのだろう。仕事とはいえ、ちょっと盛《も》りすぎだった。

「物見高《ものみだか》い連中が早速、見物かたがたお参りにきてるんだよ」

「猿は通り過ぎただけなのにね。おかげで賽銭箱《さいせんばこ》は重くなってるみたいだけど」

マツとツルがにまにましながらうなずきあう。

「賽銭がどうしたですって？」

奥からキヨノが現われた。キヨノの耳は儲《もう》け話を聞き逃さない。

三婆の相手をキヨノと宗高にまかせて、咲耶は家に戻った。

茶の間の畳にばたんと大の字になり、咲耶はふうっと息をはく。

頭の中はタカのことでいっぱいだ。人気の貸本屋の感じがいい女将が、近所の子どもたちや細々《ほそぼそ》と商いをしている佃煮屋に嫌がらせをするようになったのは、どういうわけなのだろう。どっちが本当のタカなのか。

いい人の仮面《かめん》がはがれてしまった？　いや、いい人が別の仮面をかぶってしまったのだろうか。息子を失った寂しさがそうさせているのか。理由はひとつでないのかもしれない。

「参拝客がぎょうさんで結構なことだすな」

ふいに金太郎が口を開いた。

「おかげさまで」

「十亀屋も売り切れごめんやってな。けど、十亀屋が繁盛すればするほど、腹立てる御仁《ごじん》がいるんやありまへんか」

くるんと寝返りを打ち、うつぶせになると、咲耶はあごに手をあて、茶簞笥の上の金太郎を見上げた。

「一日中ここにいる金ちゃんが、なんでそんなこと知っているの？」

「わいにも知り合いが少しずつできましたんや」

きょろっと金太郎の目が動いた先に雀がいた。

よく見ると頭と背中が雀よりも鮮やかな栗《くり》色をしていて、頬に黒の点々がない。

入内雀《にゅうないすずめ》だ。入内雀は、平安時代、没落した貴族が、恨みから雀に転生して宮中に入りこみ、大切な米を食い荒らした妖として知られている。

入内雀は、まん丸い目で咲耶を見つめている。恨みなどとっくに抜けた、気のよさそうな妖だった。

咲耶はあわてて起きあがると正座し、入内雀に手をついた。

「はじめまして。うちの金ちゃんがお世話になっています」

入内雀は答えるようにひょいと首を曲げる。

「よかった。これで金ちゃん、退屈しないね」

「そんなこと、咲耶さんが心配せんでよろし。……それよりおタカはん、また嫌がらせ、やってはるみたいでっせ。ゆきちゃんや太一、ちっちゃいみゆちゃんがかわいそうや。ええ子やのに、このままやと大人の顔色を見てびくびくせなあかん。そんなん、させたない。はよ、行ってあげなはれ」

社務所に戻り、十亀屋のことが気になると耳打ちすると、宗高はすぐに腰をあげた。すかさずキヨノの声が飛んでくる。

「あら宗高、またお出かけですか？　咲耶まで？　毎日油を売ってばかり、ちっとは家にいて嫁の仕事を……」

「人助けです、母上。咲耶、行くぞ」

咲耶の手を握り、引っぱるようにして宗高が社務所を飛び出す。後ろから三婆の笑い声が追いかけてきた。

「仲のいいこと。新婚だからねぇ。手に手をつないで」

「そんなときがあたいたちにも……」

「思い出すねえ、おぼろげに。ね、キヨノさん」

キヨノは苦虫《にがむし》を嚙《か》みつぶしたような顔をしているに違いなかった。

十亀屋が近くなるにつれ、ドーンドーンと太鼓《たいこ》の音が聞こえてきた。

「隣の佃煮、アブラァムシ～♪」

家の窓をあけ、タカは太鼓をたたき叫びまくっている。人々は、耳をふさぎ、顔をしかめ、関わりあいにならないように足早に通り過ぎる。

十亀屋は暖簾《のれん》をおろしていた。閉じた戸には「本日は売り切れました」と上手とはいえない字で書かれた紙がはってある。おとないを入れると、心張《しんば》り棒《ぼう》を外す音がして、戸があいた。

「宗高さん、咲耶さん来てくれたんですか。ご覧の通りで、子どもたちも怖くて外に出られないって……」

部屋の隅の薄暗がりに子どもたちが並んで膝をかかえている。

三猿の読売を読んだ客が十亀屋に列をなすと、タカは家を飛び出していき、あの太鼓を買ってきた。それから、ドンドン太鼓を打ち鳴らしっぱなしだという。

「差配人さんと友助さんが話に行ってくれたんだけど……」

トキは奥歯に物のはさまったようないい方をした。

ふたりの説得をタカは案の定、つっぱねた。

「明日も太鼓を打ち続けるなら、友助さんはしょっぴくって……。あたしのせいでおタカさんを縄付《なわつ》きにするなんて、なんだか、それも切《せつ》なくて」

「困ってるのはおトキさんだけじゃないでしょ。この音じゃ近所の人みんな……」

「でもあたしのせいだって……そんな気がするじゃない」

岡っ引きがタカを捕らえれば、タカが悪いからそうなったと最初はみなの同情がトキに集まるだろう。だが、いずれはトキにも悪いところがあったといわれるに決まってるともいった。

「世間さまって、そういうもんだもん。……あたし、おタカさんに何かしたんだろうか。それならそういってほしいのに。これじゃ、蛇《へび》の生殺《なまごろ》しだ」

トキは肩を落とした。

ダメ元で、嫌がらせをやめるようにタカにもう一度話をしてみようと、ふたりが十亀屋を出たとき、何かの気配を感じた。ふり返った咲耶の目が丸くなる。三匹の猿が矢のように、こちらに向かって走ってくる。猿たちは、太鼓の音が鳴り響くタカの家に迷いなく、まっすぐに飛びこんでいった。

「ぎゃあ〜〜」

タカの悲鳴が聞こえ、ふっつり太鼓の音が消えた。

「大変！」

「急げ！」

宗高と咲耶はタカの家に走った。

だが戸口の前でふたりの足が止まった。家の中は混乱の極《きわ》みだった。猿が腕をふりまわし、棚の上のものをばらばらと落としている。何十冊もの本が、畳の上にばらまかれている。簞笥の引き出しまで器用にあけて、中のものを宙に放り投げている。

「おタカさん、逃げてください。早く！」

「猿にひっかかれたら大変です。嚙みつかれたら大事《おおごと》です。早く外に出て」

ふたりは、中に向かって大声で叫んだ。だがタカは箒をふりあげ、猿を追い立てようと躍起《やっき》になっている。

「やめて！　触るな。出て行け！」

猿は器用に箒をよけて、家を荒らし続ける。

暴れるだけ暴れまくり、猿は縁側から次々に出て行った。猿がいたのは四半刻《しはんとき》(約三十分)の半分にも満たない。だが部屋は大嵐《おおあらし》のあとみたいなありさまだった。

「おタカさん、大丈夫ですか」

宗高と咲耶がへたへたと座りこんだタカに駆け寄ると、タカはふたりに目をつり上げた。

「あんたたち、何しに来たの。笑いに来たの。帰って。今すぐ家から出て行って」

「帰ります。帰りますけど、その前にここを片づけなくては。手はあったほうがいいですから」

「忠太郎のものばかり、荒らして……」

タカは両手で目を覆《おお》って泣きはじめた。

確かに、箪笥から出ているのは男物の着物ばかりだ。畳の上には『論語《ろんご》』『大学《だいがく》』『中庸《ちゅうよう》』など孟子《もうし》の四書《ししょ》から、『東海道中膝栗毛《とうかいどうちゅうひざくりげ》』やら『南総里見八犬伝《なんそうさとみはっけんでん》』『傾城水滸伝《けいせいすいこでん》』などの人気の読本《よみほん》、赤本《あかほん》の『鉢《はち》かつぎ姫』『舌切り雀』『かちかち山』、江戸随一の料理屋《八百善《やおぜん》》の料理を記した『江戸流行料理通』までもが、ぐちゃぐちゃに散らばっている。

咲耶は一冊一冊手にとり、種類ごとに重ねながら、タカにたずねた。

「この本は息子さんのものなんですか？」

「……本が好きで。子どものころから夢中になって読んでたんだよ」

ぽつりぽつりと、タカは話しはじめた。

タカは十八で嫁《とつ》いだが、なかなか子どもに恵まれなかった。舅姑には跡継ぎを産めないなら離縁《りえん》をと迫《せま》られたこともあったが、亭主の忠吉はいつもタカをかばってくれたという。

二人が一緒になって五年、いよいよ他家から養子をもらうことを考えはじめた矢先に、タカは懐妊《かいにん》した。忠吉の喜びようは尋常でなく、無事に子が生まれることを願って毎日写経《しゃきょう》を続けた。タカも二つ身になるまで用心に用心を重ね、やっと生まれたのが忠太郎だった。

「そりゃあ命がけの難産で、次の子はもう望めないよと取り上げ婆からいわれたけど、忠太郎が生まれてくれたのがありがたくて。この子さえいればほかに何もいらないと思ったよ。よく笑う子でね、いつもあたしにひっついて……」

ただ、冬はずっと風邪《かぜ》をひきっぱなしで、はらはらしながらの子育てだった。

「熱が出るたびに医者にかつぎこんで。でも不安げな顔をしたあたしを見ると、あの子がにこっと笑うんだ。熱が出て苦しいだろうに。おっかさん、大丈夫だ。心配いらないよって。亭主が死んだときだって、あの子がいたから、あたしはがんばれた……」

労咳だとわかっても忠太郎は自分を哀《あわ》れんだりしなかった。落ちこむタカを忠太郎がかえって慰《なぐさ》め励《はげ》ました。

病気平癒を願い、平松神社にお百度参りをはじめたタカに、心配をかけて申し訳ないと謝りもした。

「百日間、雨の日も雪の日も休まず、祈り続けたよ。そんなこと、忠太郎のためならなんともなかった。でも願いは届かなかった。まさか二十一の若さで、あたしをおいて死ぬなんて……」

　ぐすぐす宗高がいいはじめた。目に涙がいっぱいたまっている。咲耶は胸元からだした手巾《しゅきん》を、宗高にそっと渡した。

「忠太郎は貸本屋のいい主になっただろうよ。でも、何にもならなくてもよかったんだ。ただ生きていてくれさえすれば。……あの子は病だとわかってからもよく笑っていた。自分は病持ちだけれど不幸せではないなんていって、あたしを悲しませまいとして……」

「おっかさん思いのやさしい息子さんだったんですね」

　こくんとタカがうなずき、目をあげた。だしぬけにその目が暗く光る。

「あたしがこんなにつらい思いをしているのに……おトキったら、元気な子どもを見せびらかすように毎日大騒ぎして……」

　タカがトキに嫌がらせをするのはだからなのかと、咲耶は目をみはった。子どもがいてうらやましい、自分は忠太郎を失ったのにトキは三人の子どもと楽しげに生きている……。

　生き死には人にはどうにもならない。神頼みしても叶《かな》わないこともある、そんなことタカだってわかっているはずなのに。

ひとりで暮らしはじめて、トキの子どもたちのかわいらしい笑い声を聞いたとたん、タカの胸に降りつもった気持ちがあふれ出てしまったのではないか。閉じていた蓋《ふた》があいてしまうと、あとからあとから思いがわき出てきて、どうにもならなくなってしまったのではないか。

だが、トキや子どもたちにを恨みをぶつけるのは、やはりお門違《かどちが》いだ。

咲耶はふと傍《そば》にあった絵草子を手にとった。『桃太郎《ももたろう》』だった。

タカが身をのりだす。

「それ、子どものころの忠太郎がいちばん好きだった絵草子だよ。桃太郎はおじいさんとおばあさんのために鬼退治《たいじ》に行くだろ。忠太郎ったら、悪い鬼がいたら自分もやっつけに行くよ、おっかさんとおとっつぁんに宝ものを持って帰ってくるよ、なんていってくれて」

「懐《なつ》かしい……私も同じ絵草子を持っていました」

何気なく本を開いた咲耶の手が止まった。そこに封書がはさまれていた。「母さま」と表書きされていて、ひっくり返すと裏には「忠太郎」とある。

「おタカさん、これ……」

封書を手にしたタカは信じられないという顔になり、これ以上ないくらい目を見開いた。

「まさか……忠太郎が……あたしに」

声がうわずっている。タカは表と裏を何度もひっくり返し、震える指で中から文《ふみ》を取りだした。

無言で文面を追ったタカの目に、大粒の涙が浮かんだと思うと、ほろほろと頰を伝った。

タカはやがて目をあげ、咲耶に文を差しだした。

「読んでやっておくれ」

文字は少しよれていて、床の中で書いたものらしかった。咲耶は宗高とともに文を目で追った。


――おっかさんには心配ばかりかけて、先に行く親不孝を堪忍《かんにん》してください。病続きでしたが、私は生まれてきてよかったと思っております。

おっかさんとおとっつぁんに慈《いつく》しんでもらい、短いけれども、充実した日々でした。おっかさんは子どもたちの声が私の身体《からだ》に障《さわ》ると気をもんでいたけれど、私は何より、子どもたちの笑い声が好きでした。

また生を得られるのなら、もう一度、ふたりの子に生まれたい。

丈夫な身体を持ち、跡継ぎとして子どもたちの楽しげな声が響くような貸本屋を元気に切り盛りしたい。

私の本は、近所の子どもたちにあげてもらえませんか。読んでもらってこそ本。子どもたちに読んでもらえたら本も喜んでくれるでしょう。

おっかさん、どうぞお体にはくれぐれも気をつけて、お過ごしください。

おとっつぁんも私もいない日々は寂しいこともありましょうが、奉公人や近所の人と仲良く、穏やかに、私の分まで生きてください。

そしてひとつお願いです。

おっかさん、いつも笑っていてください。私はおっかさんの笑顔が一等好きです。

忠太郎

うう、ぐぐぐ……宗高が腕を目にあて、盛大に泣きはじめた。

「……おタカさん、いい息子さんに恵まれて……」

宗高はしゃくりあげながらタカに切れ切れにいう。

　宗高の滂沱《ぼうだ》の涙をあっけにとられたように見ていたタカは、やがて柔らかな表情を浮かべた。

「……あんたたちが片づけを手伝ってくれたから、忠太郎とまた会えた……恩にきます」

　タカは首にかけた手ぬぐいで目元を押さえると、咲耶と宗高に両手を合わせた。

　ようやく片づけが済んだときには、とっぷり日が暮れていた。

　あれほど猿が大暴れしたのに、タカの家の中には猿の毛一本落ちていなかった。障子《しょうじ》一枚やぶれていなかった。

　その日から、タカのトキへの嫌がらせはやんだ。

◇◆◇◆

「三匹はなぜ、忠太郎の本や着物ばかりを荒らしたのだ？　猿ならばまっ先に食べ物が転がっていそうな水屋に行くんじゃないのか？　そもそも目の前に食い物屋のおトキさんの店があるのに、なぜおタカさんの家に飛びこんだのだ？」

宗高はあの日以来、しつこく猿の話を蒸《む》し返す。

「文を見つけたのは私たちのおかげだとおタカさんはいっていたが、それをいうなら、本をばらまいた猿のおかげではないか。それにしても妙にきれいな猿だったよな。……あれは本当の猿なのか」

「猿に見えましたけど」

間髪《かんはつ》をいれずに咲耶がこたえる。

「ただの猿に見えて、実は神猿ではないか？」

どきっと咲耶の胸が跳ねあがった。

「神猿？」

「うむ、タカを改心させるためにやってきた神の使いのような気がするんだ」

宗高はぴしっと膝をたたき、鋭いところをついてきた。

咲耶の脳裏に平松神社で見た光景が浮かんだ。

数日前、咲耶は平松神社にお礼参りに行き、おかげさまでタカが意地悪をやめてくれたと手を合わせたのだが、そのとき、キュルキュルルと耳の奥に鳴き声が聞こえた。宗高が以前披露した猿寄せのような声だ。

それは祠から聞こえ、咲耶が目をこらすと……祠の扉に三匹の小さな猿がいた。正確には三匹の猿が彫られていた。

それぞれ手の平の半分ほどの大きさなのだが、咲耶と目が合うと、三匹はにこっと笑い、こくっとうなずき、あるものは目を、またあるものは耳を、口を両手で隠して、再び木彫りの猿に戻った。

その瞬間、タカの家で暴れまわったのはこの三猿だと悟った。

お百度参りもかなわず忠太郎を失った苦しみからタカを救うために、あの手紙をタカに届けようと三匹の猿は姿を現わしたのだろう。

「宗高さんがおっしゃる通り、神猿という気がしてきました、私も」

咲耶がおずおず口にすると、宗高が我が意を得《え》たりとばかり、身をのりだした。

「だったらどこから三匹は来たんだ？　日光からじゃ遠すぎる。日枝《ひえ》神社か？」

「日枝神社の猿は二匹で、夫婦じゃなかったですか」

日枝神社にいるのは狛犬《こまいぬ》ならぬ一対《いっつい》の猿である。

また考えこんだ宗高の背中に、咲耶は薄く綿《わた》を入れた藍染《あいぞ》めのちゃんちゃんこをふわりとかけた。宗高が「ん？」とふり返る。

「寒くなってきたので、作り直しましたの」

「いつのまに？　咲耶は針《はり》仕事もなんでもできるんだな」

宗高は感心したようにいう。咲耶は肩をすくめた。作ったのは式神である。

「私は幸せ者だ。咲耶に出会えて、夫婦になれたのだから」

「私も」

宗高は咲耶を抱き寄せる。金太郎がため息をつき、見ちゃおれんとばかり目を閉じた。

タカは差配人に間に入ってもらい、トキのところに詫《わ》びにいったという。忠太郎の絵本をゆきたち子どもに差し出し、「読んでくれたらありがたい」と聞いたことのないような優しい声でいったらしい。

「狐《きつね》につままれたようだ。こうなりゃ、お天道《てんとう》さまが西から上り、夏に雪が降り、あひるが木登りしても驚きゃしないよ、あたしゃ」

咲耶に話しながらも、トキは自分の頰をつねりかねない様子だった。子どもたちもはじめての自分の絵草子に大喜びで、ゆきも太一も字をおぼえようとしているという。

　その日、キヨノがせっぱつまった声で咲耶を呼んだ。

　あわてて外に出ると、キヨノは箒を持ち、つっ立っていた。つるし柿が何個も烏にとられたと頭に血を上らせている。

「烏なんぞに味をしめさせてはなりません。烏に食べさせるために手間暇かけて作ってるわけじゃないんだから。これからはつるし柿の見張りをしないと！」

　まるで自分が作ったかのようにキヨノがいったそのとき、いきさつを見守っていたウメたち三婆がひょいとつるし柿をとり、次々にかぷっと口に入れた。

「おウメさん、おマツさん、おツルさん、な、なな、かか勝手に」

　キヨノの唇があわあわと震える。烏に続き、氏子につるし柿をとられるとは思ってもみなかったらしい。

「うまい。キヨノさん、もうできてるよ。烏が食べるくらいだもの」

「甘いっ！」

「上出来」

　マツとツルがうなずく。

「咲耶！　烏や三猿にとられないように、さっさとつるし柿をしまいなさい」

　キヨノはきつい声で三婆の声を遮《さえぎ》り、奥に入っていく。

「今のうちにもうひとつずつ、どうぞ」

すかさず、咲耶はウメたちに耳打ちした。

「さすが咲耶さん。でも三猿って……」

「いやだ、あたいたちが三猿ってことじゃないよね」

「すみませんね、お姑《かあ》さんたら……」

「咲耶さんも大変だわ、あれじゃあね……」

猿にたとえられたのが腹立たしいのか、三婆はしきりに咲耶の肩を持つ。

「あたしもひとついただこうっと」

咲耶もつるし柿をかじった。甘くとろりとした味わいが口の中に広がった。

第二話：季節外れの肝《きも》試《だめ》し

◇◆◇◆

火鉢《ひばち》を抱え、熱いほうじ茶を飲みながら咲耶《さくや》はのんびりつるし柿を食べていた。

物干し竿《ざお》には洗濯ものが晩秋の日差《ひざ》しをあび、ひらひらひるがえっている。縁側にも埃《ほこり》ひとつ落ちていない。洗濯も掃除も式神《しきがみ》をしこんだ式札《しきふだ》がきっちりやり終えていた。

庭の角の柚《ゆず》の木には、光の粒《つぶ》をまとったような黄色い実《み》がたわわになっている。

昨日キヨノが柚子味噌《ゆずみそ》を食べたいというようなことをいっていたことを咲耶は思い出した。

柚子の皮のすりおろしと汁、味噌、砂糖、味醂《みりん》を練《ね》りあげて作る柚子味噌は咲耶の好物で、得意の一品でもある。

ふろふき大根やゆでたこんにゃくにかけて柚子味噌田楽《でんがく》にするのが定番だが、酢の物にちょっと加えればコクが出るし、焼きおにぎりに塗《ぬ》りつけてもおいしい。

今日は柚子味噌を作り、たまにはキヨノを喜ばしてやろうかと咲耶が殊勝《しゅしょう》にも思ったとき、カカカカという高笑いとともに落ち葉がひとひら舞いこみ、畳《たたみ》の上に落ちるやいなや、どろろんと豊菊《とよぎく》の姿に変わった。

髪を横にぐいっとはり、上にかきあげた髪とともに頭のてっぺんで結《ゆ》わえ、後ろに長くさげるおすべらかしに、真っ白に塗りたくった顔、額《ひたい》にはぽわんと墨《すみ》で描かれた丸い眉《まゆ》、紅《べに》で小さく描かれたわざとらしいおちょぼ口……。

長袴《ながばかま》に何枚も着物を重ね、年に似合わぬ紅色の派手な表着《うわぎ》をはおり、大きな扇《おうぎ》を胸に抱えた女。

京に住む咲耶の実母・豊菊である。

ときどき、ざざっと姿がぼけるのは、本物の豊菊は京にいて、式神をしこんだ式札で、この姿を現わしているからだ。

「あいかわらずかわいらしし庭どすなぁ。ひなびた屋敷にしょぼしょぼした紅葉《もみじ》がよう似合《にお》うて、ほんまけっこどす」

例によって、挨拶《あいさつ》がわりに嫌《いや》みをくりだしてくる。朝の白い光に照らされた豊菊はわが母ながら、ぎょっとするほどけばけばしかった。

江戸の女たちはちらっと見える半襟《はんえり》や裏地などでさりげなく勝負するのに対し、京や大坂《おおさか》では目立ってなんぼである。それにしても今日の豊菊はやりすぎだ。

「おたあさま、おひさしぶりでございます。今日はどうなさったんですか」

「何か用事がないと顔をだしたらあきまへんのどすか？　かわいい娘が元気か気になる母の気持ち、わかってほしいわぁ」

豊菊は仏頂面《ぶっちょうづら》で、扇をばさばさと動かしながら、咲耶のまわりをずるずると動きまわる。

茶簞笥《ちゃだんす》の上に飾られた金太郎《きんたろう》はすでに目を閉じ、見ざる聞かざるを決めこんでいる。

咲耶は唇《くちびる》を一文字に引き結んだ。

朝っぱらに、ここにいるはずのない人間がこんな格好《かっこう》でちょろちょろしているところを誰かに目撃されたらどんなことになるか。考えるまでもない。

やっかいな事態になるのを避けるためにも豊菊をさっさと追い払うしかない。

「私はおかげさまで元気でやっております。おたあさま、ほかの人にその姿を見られたら困るんですよ。せっかくですがお帰りいた……」

「どうや、このはんなりとやわらかなべべ。あてに似合うてますやろか。久々に新調したんどすわ」

豊菊はぴしゃりと咲耶の話を折った。咲耶はうっと喉《のど》がつまった。ひと目見て派手《はで》すぎると思った衣。すぐに言葉が見つからない。

「目にしみるような紅色……これまたずいぶんお若い」

「みなが口をそろえて、ようにお似合いどすえといってくれはってな」

咲耶は目を激しくしばたたいた。思わず腰が浮く。

「そ、それを真《ま》に受けてるんですか」

たしなめるように言い返したものの、豊菊は弾丸のような勢いで続ける。

「こんなんが似合うのも、あてがはんなりとしたお人柄やさかいやわって。わかる人にはわかるんやな」

咲耶の口がみるみるひんまがった。

「……京のお人が、他人をほめるなんて、見たことも聞いたこともあらしません。いいと思ったときには悔しいから口を閉じる。無視する。それが京の流儀やないですか。ほめるのはけなすこと。そう教えてくれはったのはおたあさまでっせ」

ぶっと豊菊の頰《ほお》がふくらみ、目が険《けわ》しくなる。

「いけずやな、おうちは。まあええ」

「ええことなんてあるかいな。おたあさま、なにしとうやす。しっかりしなはれ」

なぜか本日は咲耶が豊菊にはっぱをかけるという珍しい展開になった。いつもなら毒舌《どくぜつ》の倍返しをしかけてくるところが、豊菊にも思いあたることがあるのか、無視を決めこみ、んんんと声を調《ととの》えた。

「今日は他でもあらへん。知り合いのお公家《くげ》はんが下向《げこう》しなはるんどすわ。和歌、書、香を教えてほしいと頼まれたいうてますけど、お足《あし》が足らなくなったんと違いますやろか。江戸の草草《くさぐさ》にとっては貧乏公家でも腐っても鯛《たい》ゆうてな、ご祝儀《しゅうぎ》もたんともらえはるさかいな」

「特に珍しい話やありしまへんな」

咲耶は肩をすくめた。公家の中には、しょっちゅう京を離れ、各地の素封家《そほうか》を回り、ひと儲《もう》けし、暮らしの足しにしている者が少なくない。

「それで、咲耶に言付《ことづ》け頼みましたさかい」

「私に言付け？」

咲耶の身が硬《かた》くなった。表情が凍《こお》りつく。

とっさに思い出したのは、豊菊が送ってきた結婚祝いの夫婦茶碗《めおとぢゃわん》だ。

箱をあけたとたんに、式札が何十枚も飛び出し、家じゅうに飛び散った。ご丁寧に隠れの術をかけていたので、咲耶をもってしても未《いま》だにすべての式札を見つけることができない。

それを依《よ》り代《しろ》にして、豊菊は京にいながらにして、好きなときに姿を現わして勝手をし放題なのだ。

「私、なんもいりまへん。何一つ、欲しくありまへんさかい」

そのときいきなり表戸があく音がした。

「ごめんください」

えっとふりむくと、五十がらみの男がすでに土間に入ってきていた。

その顔があわあわと震《ふる》えだす。男の目は豊菊に注《そそ》がれている。

男は思いきりのけぞり、豊菊を指さした。

「ば、化《ば》け物《もの》！」

「だ、誰がばけもんや」

豊菊が地団駄《じだんだ》ふみながら言い返す。眉はきっと逆立《さかだ》ち、目が鋭《するど》くとがってい
る。

「人のことを化け物なんぞと。あな口惜《くちお》しや」

豊菊はこぶしを握《にぎ》りしめ戦闘状態に入りかねない勢いだ。誰にも豊菊の存在を
知られるわけにはいかないという咲耶の事情など思い及ばぬらしい。

最悪だと思いながら、咲耶は低く言い放った。

「消えて! おたあさま! 帰らないなら、隠れの術使いまっせ」

隠れの術とは、見えなくするというだけの術だ。

「母親に術をかける、いうんか。覚えていなはれ」

ぶわんと風を起こして豊菊が消えると、咲耶は腰を抜かしている男に駆け寄っ
た。

「どうなさいました」

「そこにばば……あんたも見ただろ。べったべたに化粧した平安貴族みたいな婆《ばば》
あの化け物が……」

「えっ?」

「あんた、なにやら話していたじゃないか」

「はてなんのことやら」

ここはすっとぼけるしかない。咲耶はすました顔で、あさってのほうをぐるっと見まわす。

「私、何も気がつきませんでしたが……」

男は頭を抱えた。

「わしの目がおかしくなったのか、いや、確かに見たような気がした……いかんいかん。化け物のことばかり考えているから、そんな気がしたのかもしれん」

すっきりしない思いをふり払うように、男は頭を左右にふった。

男を座敷にあげると咲耶は、茶簞笥の前に落ちていた人型の式札をさりげなくつかみ、くしゃっと丸め、胸元につっこんだ。人騒がせな母親があと何枚、式札をしこんでいるかと思うと、ため息がもれる。

分厚い雲がいつのまにか垂れこめ、ぐっと寒くなっていた。

男は宗高《むねたか》に相談があってきたのだが、社務所《しゃむしょ》に誰もいなかったので、こっちに顔を出したと力なげにいった。豊菊のおもかげがまぶたに残っているのだろう。何度もため息をつき、気の毒なほど面《おも》やつれしている。

湯呑《ゆの》みを握る指が白くなっているのを見て、咲耶はさすがに少しばかり後ろめたい気持ちになった。

近所の地鎮祭《じちんさい》に行っていた宗高が帰ってきたのはそのときだった。

「おや、文三郎《ぶんさぶろう》さんじゃないですか。おひさしぶりです」

宗高が親しげにいい、人懐《ひとなつ》っこい笑顔を見せると、文三郎と呼ばれた男は弱々しい微笑《ほほえ》みを浮かべた。文三郎は八丁堀《はっちょうぼり》の亀島町《かめじまちょう》で長屋の差配人《さはいにん》を務《つと》めていて、宗高とは顔見知りだという。

世間話もそこそこに、文三郎は居住《いず》まいを正し、頼み事を切り出した。

「実はうちの町で困ったことが起きていまして……」

江戸は武家地、町人地、寺社地と三つの区分があり、この地域は武家地、こちらは町人地と分けられている場合が多い。

だが八丁堀の一角にある町人地の亀島町は、町奉行《まちぶぎょう》支配の与力《よりき》・同心《どうしん》の組屋敷地と背中合わせに隣りあっていた。

「長く空き家になっている武家屋敷があるんですよ」

宗高は眉をあげた。

武家屋敷は将軍家から貸し与えられた物であり、家が絶《た》えたり、取り潰《つぶ》しとなれば、屋敷地は返却される。返却されればそのまま、別の御家人《ごけにん》に貸し与えられるので、長く空き家のままというのはあまり聞かない話だった。

「八丁堀は便利な場所で、住みたいお侍《さむらい》さんも多いだろうに」

「……実はいわくつきの家なんでして」

宗高の眉が再びぴくりとあがる。

「いわくつき？」

「へえ。与力の屋敷だったんですがね、その家で次々に不幸が起こり、ついには家が絶えたそうで。その家に移り住んだ者にも必ずよくないことが起こり、それであの家だけはどうぞご勘弁《かんべん》くださいと住む人もいなくなったそうで……。取り壊していっそ更地《さらち》にしようとしたこともあるそうですが……怪異《かいい》が相次ぎ、職人たちはみな逃げ出したとかで。いえ、これは全部、町の古老《ころう》の話ですが」

甘いものを口の中で転がすように、宗高が「怪異」とつぶやく。

「その屋敷に……出るという噂《うわさ》が広まってしまって、近ごろ、肝試《きもだめ》しと称して若いもんが夜中に入りこむようになってしまったんですよ」

近所のお調子者ばかりではなく、深川《ふかがわ》や本所《ほんじょ》からも肝試しにやってきているという。宗高はごくりと生唾《なまつば》をのみこんだ。

「……ほんとに出るんですか」

「出るらしいんですよ。中に入ったとたんに、冷たい手で足をさわられた、壁に赤い手形がついていたとか、〝連れて帰って〟と耳元でささやかれたとか……」

文三郎は胸の前でだらりとさげた手を揺らし、気味悪そうに首をすくめた。

夜中に、遊び気分で無人の屋敷に徒党《ととう》を組んで乗りこむなんて輩《やから》は、ケンカ上等の生きだけはいい、考えなしに決まっているが、みな逃げ帰り、震えあがっているという。

「しかし……夏でもないのに、そんな幽霊《ゆうれい》が……なあ、咲耶」

「ええ」

うなずいてはみせたが、化け物や幽霊は夏に限るものではない。浄化されていない霊などがそこにいれば、なんかの拍子《ひょうし》に出てくることがある。

「そこで宗高さんに、ぜひお祓《はら》いをお願いしたいとうかがった次第でして。荒山《あらやま》神社《じんじゃ》は神猿《しんえん》の三猿はじめ天狗《てんぐ》なども味方につけていると最近とみに評判ですから」

咲耶はいやな気がした。話を聞きはじめたときから、首筋がさわさわしだしたのだ。

そういう怪《あや》しげな土地や屋敷は、そっとほうっておき、関わりあいにならないのがいちばんだ。幸《さいわ》い、件《くだん》の屋敷で怪我人《けがにん》などは出ていないし、危ない場所だという噂が広がっていけばいずれ騒ぎも自然に静まるだろう。

だが、宗高はすっかり前のめりだった。

見えない世界や怪異の類《たぐ》いは、宗高にとって猫にまたたびのようなものなのだ。

「実はその屋敷の左隣は古着屋の《雉屋《きじや》》、奥と接しているのは口入屋《くちいれや》《杉本《すぎもと》》でして。これ以上騒ぎが大きくなったら商いにも差しつかえると困り切っております。……もしお引き受けいただけたのなら、屋敷のお祓いのかかりはすべてその二軒が持つといっておりまして。間に人を立て、町奉行所から普請奉行《ふしんぶぎよう》に話を通してもらい、武家屋敷の管理を行なっている明屋敷番《あけやしきばん》に特別に中に入ってもいいと了解をいただいた次第でして」

そのためにずいぶん金も使ったと、文三郎の顔に書いてある。

ふっと人の気配がしてふりむくと、縁側の沓脱《くつぬ》ぎ石に籠《かご》を手にした姑《しゆうとめ》のキヨノが立っていた。

キヨノは下駄《げた》を脱ぎ、部屋にあがってきた。籠に鋏《はさみ》と柚子の実がどっさり入っているところを見ると、話を盗み聞きしながら収穫をしていたようだ。

キヨノは籠を脇に置き、宗高の隣に座った。

「宗高の母でございます。ちらと耳にいたしましたが、このたびはさぞご心配なことでしょう。……宗高、お引き受けなさい。雉屋さんといえば上物ばかりを扱うことで知られた古着屋、杉本は大奥《おおおく》の女中をも斡旋《あっせん》する口入屋です。お困りの方をほうっておくわけにはまいりません。人助けです」

キヨノはなんのためらいもなく、意気揚々《いきようよう》という。

「お引き受けいたしましょう」

うながされるように、宗高が背筋を伸ばしてきっぱりといった。

二軒がはずむご祝儀が目当てのキヨノ、怪異好きの宗高、ふたりの胸のときめきが伝わってくるようだった。

できればすぐにでも現地に行ってほしいと文三郎はいったが、咲耶は宗高に耳打ちせずにはいられなかった。

「それなりに準備をしたほうがいいのではありませんか。どんなものが出たのかなど、少し下調べをしてうかがったほうが」

「それもそうだ。さすが咲耶」

宗高がうなずく。日取りはこちらから文三郎に連絡することになった。

文三郎が帰っていくと、キヨノは満足げに微笑んだ。

「気合いを入れてがんばりなされ」

それから、キヨノは咲耶に柚子の入った籠をぐいとおしつけた。

「晩のおかずに間に合わせてちょうだい」

ついさっきまで、いわれなくても柚子味噌を作ろうと思っていたのに。せっかく湧《わ》きあがっていたやる気が一気にしぼんでいく。

キヨノは下駄の音をさせて上機嫌で去っていった。

キヨノと豊菊、ふいに出てくるのをなんとかできないものか。それぞれの首に大きな鈴《すず》をつけたいと、咲耶は思わずにはいられなかった。

◇◆◇◆

柚子味噌はとりあえずさておき、宗高と咲耶は事情通の岡っ引き・友助に会いにいった。

友助は自身番《じしんばん》の前で、近所の隠居と立ち話をしながら焼き芋《いも》を食べていた。

雉屋の隣の武家屋敷のことでと宗高がいうと、あわてて飲みこんだ芋がつまったのか胸をたたきながら、友助は「化け物屋敷のことだな」と苦笑いを浮かべた。

その言葉に釣られたように、隠居たちも自身番に入ってくる。江戸ものは老《ろう》若《にゃく》男《なん》女《にょ》問わず、みな物《もの》見《み》高《だか》い。怪異が好物なのは、宗高だけではなかった。

「あっこの家のお祓いを頼まれなすったか」

あぐらをかきながら、友助が宗高に低い声でいった。

「お察しの通りだ。友助さんなら屋敷について聞いているだろうと思ってな。いったいどんな屋敷なのか、知ってることを教えてくれないか」

友助はぽりぽりと頭をかき、おもむろに口を開いた。

「あっちは縄ばり違いで、おいらも人から聞いたことだが……」

何十年も前、あの家に住む与力のご新《しん》造《ぞ》さまと中《ちゆう》間《げん》がいい仲になり、主《あるじ》がふたりを斬《き》り殺したという。その後、主の目の上にひどいできものができ、それが全身にまわる死病となり、家が途《と》絶《だ》えたらしいと友助は陰《いん》鬱《うつ》な顔でいった。

だが居合わせた染め物屋の隠居・伊《い》太《た》郎《ろう》が即座に口をはさむ。

「私が耳にしたのとは少し違いますな。与力一家というところは同じだが、なんでも代々、娘しか生まれず、養子を迎えて家をつないできたらしい」

伊太郎はさもいわくありげに続ける。

「家付き娘と入り婿《むこ》だと、どうしたって婿のほうの分《ぶ》が悪い。婿のお菜《かず》は姑と女房よりひとつ少ないのは当たり前。小遣いも雀《すずめ》の涙で、同朋とのつきあいもままならない。その上ことあるごとに、出世が遅いとなじられて……ついにある日、鬱憤《うっぷん》が爆発して婿は刀を抜き、姑と女房に怪我をさせ、お家は断絶しちまったとか」

気の毒にとつぶやいたのは、自分も入り婿である瀬戸物《せともの》屋の隠居だ。

友助はふんふんと軽くうなずいた。

「伊太郎さんのほうがありそうな話だな。おいらのは浄瑠璃《じょうるり》の心中《しんじゅう》ものと四谷《よつや》怪談をあわせたようで、ちょいとできすぎじゃねえかと思ってたんだ」

「いやいや、私の話だって、ほんとかどうか。又聞《またぎ》きだしな」

ふたりと文三郎の話が一致したのは、その後の顚末《てんまつ》である。

「その家をあてがわれた与力や同心の家が次々に傾《かたむ》いて……ついにあの家だけはごめんこうむりますとあいなったらしい。宗高さんのお祓いは間違いねえが、人捕る亀が人に捕られることにならないようにくれぐれも気をつけておくんなさい」

友助は、肝試しに行ったという若者を知っているといって、話を聞きにいくなら、おいらの名前を出していいといってくれた。

小伝馬町《こでんまちょう》の駕籠屋《かごや》《尾張屋《おわりや》》の駕籠かきで佐助《さすけ》という十八歳の若者だった。

自身番を後にすると、宗高と咲耶は早速、尾張屋に向かった。

佐助はひと仕事を終えて尾張屋でちょうどひと息いれているところだった。日に焼けた顔は浅黒いというより真っ黒で、身体はがっちり、首も太い。

化け物屋敷の話を聞きたいと宗高がいうと、佐助の頬がぴくりと動いた。

「そのことは思い出したくねえんですよ」

目を伏せた表情が、みるみる暗くなった。

宗高がそこを曲げて話してほしいと頼むと、佐助は重い口を開いた。

佐助は十日ほど前に、仲間五人で肝試しとしゃれこんで例の屋敷に行ったという。門の中にはうっそうとした木々が生《お》い茂《しげ》っていた。蔦《つた》をかきわけるようにして、五、六歩進んだとき、提灯《ちょうちん》がついたり消えたりしはじめた。

「風のせいじゃないのか」

「……いや、違う」

なんとか玄関までたどり着き、中に足を踏み入れたとたんに、ものが落ちるような音が鳴り響いた。人の話し声、うめき声、大勢の足音を聞いた者もいる。

それでも気持ちをふるいたたせ、佐助は玄関に入った。だがそこまでだった。

「首を絞《し》められて……嘘《うそ》じゃねえよ」

このままでは殺されると、佐助は必死に逃げた。門から出ても立ち止まらず、一目散《いちもくさん》に走り続けた。

以来、他の四人とは一度も会っていない。会えばあのときの恐怖がよみがえるからだ。

「……あれはほんものの化け物屋敷だ」

二晩《ふたばん》、震えが止まらず床《とこ》から出られなかった佐助に、駕籠かき仲間が屋敷の話をしてくれたという。

「あの屋敷では主から下男にいたるまで全員が流行《はや》り病《やまい》で亡《な》くなったそうで。以来、その霊が棲《す》みついているんだとか。……神主《かんぬし》さん、簡単に祓えるようなもんじゃねえかもしれませんぜ。無事で帰ってこられるかどうか……くれぐれもお気をつけなすっておくんなさい」

咲耶と宗高は顔を見合わせた。

文三郎、友助、伊太郎、佐助……由来《ゆらい》は四人四様だ。どれが真実か、いや、どれも憶測《おくそく》にすぎず、どこにも真実などないのかもしれない。

「とんでもない屋敷かもしれない……だが、だとすればなおのこと、私が出ていかなければ」

顔だけは神妙《しんみよう》な表情だが、宗高はどこまでもお気楽にいった。


帰宅するなり、咲耶は柚子味噌作りにとりかかった。

式神を使わず、火加減に気を配りながら、味噌を練りあげる。洗濯掃除は苦手だが、ゆっくり料理をするのは割合好きなのだ。時と場合によるけれど。

味噌が焦《こ》げつかないようにへらを動かしながら、咲耶は例の屋敷のことを考えていた。住んでいた者たちの恨《うら》みが念となって残り、家にとり憑《つ》いているのだろうか。それとも妖《あやかし》が棲みつき、人々を屋敷に寄せつけないように化けて出ているのだろうか。

いずれにしても屋敷に行ってみないことにはわからない。

出来あがった柚子味噌を本宅に届けると、キヨノはすぐに味見をし、しゃらっといった。

「いわれてからやるようじゃ、嫁《よめ》は失格ですよ」

――たいがいにおしやす！

心の中でキヨノに啖呵《たんか》をきったとき、舅《しゅうと》の宗元《むねもと》が戻ってきた。宗元は宗高に神社の一切合切《いっさいがっさい》をまかせ、自分は囲碁三昧《いござんまい》の日々を送っている。

「おっ、柚子味噌か。わしはこれが好物で……。香りがたまらん。咲耶さん、こしらえてくれたのか。晩飯が楽しみだな」

もう五十近いのに、宗元は歌舞伎《かぶき》役者にしたいといわれるほどの美男で、若いころは町を歩くだけで娘たちの黄色い声が飛んできたという。

並みいる娘たちを押しのけて、女房の座に座ったのがキヨノである。

「で、キヨノ、今日のお菜は？」

「ふろふき大根ですよ」

宗元が咲耶をほめたのが気に入らなかったのか、キヨノは無愛想《ぶあいそう》にいった。

「一本、つけてくれるか。キヨノは大根を煮るのがうまいから。それに柚子味噌とくれば、飲まずにおれん」

宗元はへらへらといい、キヨノの尻をぽんとたたいて、奥に入っていった。

囲碁と世渡りはうまいが、神主の仕事は投げやりそのもので、宗元の代の荒山神社の評判はさんざんだった。

宗元にまかせていたら神社は立ちゆかないとキヨノは奮起《ふんき》し、生来《せいらい》の気の強さと金の細かさに拍車《はくしゃ》がかかったのだと、咲耶はふんでいる。

◇◆◇◆

依頼主である杉本と雉屋から話を聞き、一度屋敷を見ておきたいと、咲耶と宗高は翌日、亀島町に向かった。

八丁堀七不思議のひとつに「医者・儒者《じゆしや》・犬の糞《くそ》」があるように、与力や同心のほとんどは、通りに面した土地を医師や学者、儒者、剣道指南《しなん》や手習い師匠に貸して賃料を暮らしの足しにし、自分は奥にちんまり住んでいる。

だがその屋敷の白壁は、通りに沿って、十五間（約二十七メートル）あまりも続いていた。屋敷に住む者がいないのだから、貸家もへったくれもないわけだ。

しかし白壁は薄汚れ、ところどころひび割れ、朽《く》ちて崩れているところもあり、町中に突如《とつじょ》出現した虫食いのようにも見える。

敷地は奥に長く続いていて、隣の雉屋も、その隣の口入屋の杉本も屋敷の敷地の一部に接しているにすぎない。

二本の柱の上に横木を一本渡した冠木門《かぶきもん》は閉ざされており、往来《おうらい》から見えるのは建物の屋根の一部と、塀《へい》の上にかぶさっている伸び放題の木の枝だけだった。

先に雉屋に出向くと、奉公人は客の応対に追われていた。店のあちこちで、めかしこんだ母娘《おやこ》や、亭主の着物を選ぶ女房などを前に手代《てだい》が、色とりどりの着物や帯、小物を広げている。

明るい笑い声が店に響いているのは、古着といっても、やはり晴れ着を前に気持ちが華やいでいるからだろう。

「咲耶にも買ってやりたいが……神社だから着る機会がなぁ」

巫女《みこ》が着るのは小袖《こそで》に袴。派手な着物には縁がないのだが、宗高にこういわれると、やっぱり咲耶はうれしかった。

「そういってもらっただけで十分。あれ……」

豊菊が着ていたような紅色の振り袖が正面の衣紋《えもん》かけにぶらさがっていた。その視線を追った宗高が感心したようにいう。

「たで食う虫も好き好きというが、こんなけばけばしい着物、買う娘がいるのかな。いや、歌舞伎の女形《おんながた》向きか？　うん、舞台なら映《は》えそうだな」

ほんとにねぇと相槌《あいづち》を打ちながら、紅色の衣は染め直しをするように豊菊に今一度釘《くぎ》を刺さなくてはと思ったとき、手持ちぶさたに立っていたふたりに小僧がようやく気づいてくれた。

あいにく主も番頭《ばんとう》も不在だというので隣の屋敷のお祓いをする神主であるとだけ伝え、ふたりは次に例の屋敷と奥を接している口入屋・杉本に向かった。

杉本は間口が二間（約三・六メートル）の店だった。土間に置かれた長腰掛けに順番を待つ人が並んでいる。奥の板の間にはふたつ机が置かれ、それぞれ店の者が仕事を探す人と向かいあい、条件や希望などをすりあわせていた。

こちらはすぐに主が出てきて、母屋《おもや》の奥座敷に招き入れられた。

杉本の主は四十がらみの恰幅《かっぷく》のいい男だった。

「よく引き受けてくださった。いえね、近くの神社にも頼みに行ったんですが、あれこれ理由をつけて体《てい》よくみな断られちまって」

あの屋敷だけはなかなか……。

そういうお祓いはやっておりませんで……。

普段の仕事だけでいっぱいいっぱいであしからず……。

「神主が化け物屋敷から逃げ出したり、悪くすると化け物にとりこまれでもしたら、孫末代《まごまつだい》までの恥《はじ》ですからな。危ない橋はわたらないってところでしょう」

文三郎はそんないきさつがあったことを露《つゆ》ほども臭《にお》わせなかった。差配人は世《せ》知《ち》に長《た》けていないとできない仕事だといわれるが、人がよさそうな顔をしていながら、文三郎も相当な狸《たぬき》で、油断がならないと思い知らされる。

杉本の主は機嫌よく続ける。

「それにくらべ荒山神社には、先日も神猿の三猿が現われ、春には天狗が賽銭泥《さいせんどろ》棒《ぼう》を退治《たいじ》し……霊験《れいげん》あらたかだと大評判ですからな」

ちなみに、賽銭泥棒を天狗が退治したという一件は、天狗連《てんぐれん》と名乗る賽銭泥棒とあわや斬り合いになりそうになった宗高の姿を、咲耶が天狗に変えたために、賽銭泥棒が腰を抜かして逃げたというのがことの真相だ。

「祈禱《きとう》を行なう前に、隣の屋敷の怪異についてお聞きしたいのですが。こちらさまではどんな不都合がございましたか」

主の話が済むと、咲耶との打ち合わせ通り、宗高が尋ねた。

「いやぁ、それがね、肝試しの連中が来るまではなにも問題はなかったんですよ」

「ご家族や奉公人が、その……何か妖《あや》しげなものを見たということは？」

咲耶も重ねて聞く。主はきっぱりと首を横にふった。

「隣に入りこむような者はおりません。私としては、おかしな噂が消え、肝試しと称して入りこむ連中がいなくなってくれればそれでいいんです。火付けでもされたらたまりませんから……」

それから空き家を壊して更地にしてもらえたらいいんだがと、苦い顔で付け加えた。毎年、初夏には隣の庭に毛虫が猛烈に発生して往生《おうじょう》しているという。

「毛虫ですか？」

「ええ。うちの白壁が黒く見えるほどびっしりくっついて、ざわざわうごめくんですよ。何百匹？　何千匹？　さされると痛くって、熱まで出るんです。思い出しただけで、背中がむずがゆくなっちまった」

主は苦笑したが、咲耶も宗高もあまりの気色《きしょく》悪さにげんなりした。

杉本を出たときだった。

「さぁくやさ～ん、宗高さぁ～ん」

向こうからミヤと三吉《さんきち》が駆《か》け寄ってきた。ふたりは荒山神社の長屋の住人で、その正体は化《ば》け猫《ねこ》と三《み》つ目小僧《めこぞう》だ。

「この化け物屋敷のお祓いするんだって？」

「早耳ね」

「まあね。それで、あたいたちも屋敷を見に来たの。肝試しの連中がみんな逃げ帰ってくるんだってね。粋《いき》がって出かけて、震えて戻ってくるんじゃ、江戸っ子の名折れだわ、まったく」

げらげら笑うミヤの袖を三吉がひいた。それ以上しゃべるなという合図《あいず》だ。

ミヤは十八歳のお年頃、三吉は十歳というふれこみだが、実際はいくつなのか見当《けんとう》もつかない。三吉は子どものなりをしているが妙に年寄りめいたことを口走るし、ミヤはよくぞ人にばれずに長年化け猫をやり続けていると感心するほどの考えなしだ。

ミヤは、咲耶たちが化け物屋敷のお祓いを頼まれたことをかぎつけ、渋《しぶ》る三吉を引っ張ってきたに違いない。ミヤは地獄耳《じごくみみ》で、火のないところに煙《けむり》をたてるのも得意技だ。

ぴたりと閉まった屋敷の門の前で、宗高は足をとめた。

「中に入ってみたいが……」

「でも肝試しの男たちは入ったんでしょ。だったら」

ミヤがひょいと門に手をかける。

とたん、ぎい〜っときしるような不快な音がして、ゆっくり内側に門があいた。

「あら、あいた。あいてた。鍵《かぎ》、かかってなかった」

ミヤに誰も答えなかったのは、門があいたとたん、落ち葉が腐ったようなむっと湿《しめ》った空気が一気にこちら側になだれこんできたからだ。

あちら側の淀《よど》んだ臭いが咲耶たちを包む。

四人は首を伸ばし、無言で中をのぞきこんだ。

本来、与力の屋敷は門から玄関まで白石が敷きつめられている。だが、長年放置されたせいで、白石はどこにも見えなかった。

屋敷は黒い藪《やぶ》に覆《おお》われていた。肝試しの連中が通ったところがかろうじて獣道《けものみち》のように玄関まで続いている。

さっと日が陰ると、ざわっと枝が鳴り、細く長く人が歌うような、あるいは悲鳴のようなものがかすかに耳をざわつかせる。枝の間を渡る風の音だろうが、首筋が冷たくなるほど、それは哀調《あいちょう》を帯《お》びていた。

「だあれか、いますかぁ？」

「いたとしたって返事するばかはいねえよ」

はき捨てるように言った三吉を、ミヤがむっとした顔でにらみつける。

「咲耶たちはここで待っていてくれ」

宗高はあたりをはばかるようにいった。

「いえ、私も参ります」

「あたいも」「おいらも」

「化け物屋敷かもしれないんだぞ」

咲耶が宗高の袖をそっと握る。

「まだ、陽《ひ》の光がありますから。それに私、宗高さんのそばから離れませんし」

「そうそう」

調子よくミヤが合わせる。

「みんな私の近くにいるんだぞ」

三人の顔を見まわして宗高は重々《おもおも》しくいい、門の中に足を踏み入れた。

咲耶、ミヤ、三吉が後を追う。

伸び放題の木々に雑草やら蔦やらがまきつき、いたるところに蜘蛛《くも》の巣が張りめぐらされている。

屋根に降りつもった落ち葉の上に、飛んできた種が落ちたのだろう。屋根の上には蛾《が》つんつんと草が伸びたまま、立ち枯れている。崩れかけているところもあり、もはや屋根とは名ばかりで、雨が降れば家の中は水浸《びた》しに違いない。まるで大きな動物の死体が家に覆いかぶさっているかのようだった。

玄関の前に、さざんかが植えられ、つぼみがほんのり赤く色づいている。かつては手入れされていた庭だったろうことを彷彿《ほうふつ》させるのはそれだけだ。

玄関はあけっぱなしになっていた。

入ってすぐの壁には手をだらりとたらした幽霊の絵が描かれ、『〇×連、参上！』という文字もある。ご丁寧に血と見まがうような朱《しゅ》色の落書きもある。そのすべてが雨にたたかれ、墨が流れて、それ風の味わいを醸《かも》し出している。

夜中に忍びこみ、いきなりこんな落書きを目にしたら、すくみあがりそうだ。

「宗高さん、足元が汚れますので草履《ぞうり》はいたままで」

中に上がろうとした宗高に咲耶はとっさに声をかけた。

板の間、畳を問わず、泥と埃がびっしりとこびりついていた。根太《ねだ》も腐っているのだろう。ぐにゃぐにゃしていて今にも床が抜けそうだ。無残《むざん》に破れ、めくれ、たわんでいる障子《しょうじ》や唐紙《からかみ》がそこかしこに打ち捨てられている。

「めちゃくちゃだわ。鼠《ねずみ》がいっぱい。蛇《へび》も相当住んでんじゃない？」

後ろでミヤと三吉がひそひそと話している。

咲耶は黒っぽいしみのようなものが屋敷全体を覆っているような気がしていた。だがそのしみがなんなのかわからないのが、もどかしくてならない。

「何をしているんですか」

ふいに鋭い声が聞こえた。若い娘の声だ。

ふりむくと、玄関にふたつの人影が見えた。逆光になって顔がよく見えない。

「もの盗《と》りか！」

年配の男の太い声が続く。宗高があわてて返事をした。

「もの盗りなどではありません。私は神主でして……」

「神主？」

みなで玄関に引き返すと、上等な羽織《はおり》を着た男と、振り袖に緞子《どんす》の帯を高く締めた娘が立っていた。神主姿の宗高、巫女姿の咲耶を見て、男は合点《がてん》がいったという表情になり、深々《ふかぶか》と頭をさげた。

「これは失礼を……荒山神社の神主さんがお見えになったと手代から聞いており

ました」

男は雉屋の番頭だと名乗った。

娘は雉屋の娘・比良《ひら》だという。抜けるように色の白い娘だった。

「……門があいていたものですから、一度見ておこうと中に入った次第で。ひとこと、そちらにお断りしておけば良かったですね。こちらこそ失礼いたしました」

宗高が丁重にいう。

「こんなところでご挨拶も……ささっ、どうぞ、外に」

長居は無用とばかり、番頭は宗高を促《うなが》してそそくさと門の外に出た。

噂の化け物屋敷で何かあったのかと、中をのぞきこんでいた女たちがあわてて散っていく。雉屋のお客なのか、華やかな衣装をまとった母娘も素知らぬ顔で待たせていた中間と歩き出す。

その姿を目で追いながら番頭は大きな嘆息《たんそく》をもらした。

「当方は女物の着物を扱っておりますので、隣が化け物屋敷などと験《げん》の悪い噂が広まりますと商売にもさわりが出かねません。一日でも早くすっきりさせたいと願っておりまして」

ほとほとうんざりした顔で、店の者で怪異を目撃した者はいないともいった。

帰り道、三吉はふっと屋敷のほうをふりむいた。

その瞬間、咲耶は風の冷たさに首をすくめた。


お祓いは、大安吉日の二日後に執《と》り行なうことになった。

前日の夕方、ミヤと三吉が咲耶の元にやってきた。

「なんか気になるって三吉がいうの」

「……屋敷を出た後、背中がざわついたような気がして」

三吉は神妙に声を落としていい、肩をすくめた。

「咲耶さんは何か感じた？」

「そういわれると、急に冷たい風が首にあたった気がしたけど……ミヤは？」

「あたいはそれどころじゃなかったの。あんとき秋刀魚《さんま》の匂いがしてたのよ。だからどこで焼いてんだろうって頭がいっぱいで……。三吉、やっぱり気のせいだ。三吉は石橋をたたいて壊すって口だから」

ミヤに頭ごなしに否定され、三吉はぶすっと背中を向けた。

「化け物屋敷の話でっか」

金太郎が話に入ってきたとたん、ミヤの耳がぴんと立った。ミヤと金太郎はなぜか馬が合わない。

「古今東西《ここんとうざい》、化け物屋敷はことかきまへんな。屋敷は器《うつわ》やさかい、人も妖も中に入りたがるんや。三吉はんは、なんやきしょいものを感じはった。なんでやねん。こらぁ、屋敷をぱちもんと決めつけたらあかんとちゃいまっか？　知らんけど」

うなずいた三吉の頭を、ミヤがぱしっとはって、金太郎をにらみつける。

「金太郎！　何つまんないことといってんの。三吉がその気になるじゃない」

「つまらんことやあらへん。いらちでぶっさいくな猫やな、かなわんわ」

ミヤの口がじわじわと耳まで裂《さ》け、手の指先から鋭い爪《つめ》がにょきっと飛び出す。金太郎につかみかかろうとしたミヤを、三吉が羽交《はが》い締めにしたとき、宗高が家に戻ってきた。

「賑《にぎ》やかで楽しそうだな。両親を早く亡くしても、いい姉がいて三吉は幸せ者だ。ミヤもよくできた弟がいてよかったな」

力なく笑った三吉は、ミヤの腕をしっかりと押さえたまま帰っていった。

屋敷の噂話を偽物《にせもの》と決めつけるのはよくないと、金太郎はいった。

あのときふと首筋に感じた冷たさは、ほんとうに風のせいだったのだろうか。胸のざわめきは気のせいではなかったのだろうか。

肝試しから逃げ帰った佐助のすっかり脂気《あぶらけ》が抜けてしまった顔が脳裏《のうり》に浮かぶ。幽霊の正体見たり枯《か》れ尾花《おばな》と片づけられる話ではないのかもしれない。

咲耶はその夜、なかなか寝つけなかった。

◇◆◇◆

朝一番の井戸水で宗高は身を清め、本殿《ほんでん》も掃除をし、祝詞《のりと》をあげ、それから宗高と咲耶は亀島町に赴《おもむ》いた。

咲耶は歩きながら、昨日の金太郎の言葉を考えていた。

――屋敷は器。

器とはなんだろう。入れ物、大きさ。だが器でもあるあの屋敷に妖や霊の気配はない。人が住んでおらず、人の手が入らないから、虫や鼠や蛇の小天地《しょうてんち》となり、木々や草もわが世の春とばかりに繁茂《はんも》している。

なぜ人が住まない？　住めない？　住む人にあだなす何かがいるから？　それ

は何？　妖や霊ではない何かとは何？

いくら考えても堂々《どうどう》めぐりだ。

「咲耶、どうした？」

ふいに宗高がそういって咲耶の顔をのぞきこんだ。

「ずっと下を向いていたぞ。私たちが行なえるのは、屋敷に何がいようと、恐れずおびえず、一心に祈ることだけだ。ほら、顔をあげて」

宗高は優しげな微笑みを向けている。咲耶は心にかかっていたもやが晴れるような気がした。この根拠のない明るさと自信は宗高ならではのものだ。

いずれにしても何者かに立ち向かわざるを得《え》ないのだ。それなら、宗高が言う通り、用心しつつも、自分の力を信じることだ。

思い悩んでうじうじ下を向いていたら、持てる力も発揮できない。

咲耶は口元に笑みを浮かべた。

「それでいい。咲耶が笑っていれば、私も勇気百倍だ」

宗高が咲耶の手をきゅっと握る。咲耶は宗高の明るい横顔を見つめ、大きく温かい手を強く握り返した。

自身番の前で、差配人の文三郎が待っていた。

「早くからご苦労さまでございます」

深々と頭をさげ、文三郎はいいにくそうに切り出した。

「実は杉本さんと雉屋さんはどうしても都合がつかず、立ち会いは遠慮させていただきたいと。……私もここのところ風邪《かぜ》気味でして……本日はこちらで待たせてもらいます。すみませんね」

わざとらしく空咳《からぜき》をしつついう。

杉本の主は化け物の類いなど信じていないという顔をしていたが、屋敷に乗りこむ気にはなれないのだろう。雉屋の主もその類いか。それを思えば、豊菊を見て腰を抜かしたほど化け物にびくびくしている文三郎が、仮病《けびょう》を使うのも無理もない。

「わかりました。かまいませんよ。ご祈禱が終わりましたらまた戻って参ります」

宗高があっさりとうなずいたので、文三郎はほっとした顔になった。

「どうぞご無事で」

文三郎に慇懃《いんぎん》に見送られ、宗高と咲耶は屋敷に入った。

まず屋敷の雨戸をすべてあけ、陽と風を入れた。風呂敷《ふろしき》から箒《ほうき》をとりだし、祈禱を行なう場所の泥や埃をはき、その上に清めた薄縁《うすべり》を敷く。

宗高は烏帽子《えぼし》をかぶり、狩衣《かりぎぬ》姿となった。咲耶も額当《ひたいあて》をつけ、表衣《ひょうい》を羽織る。

塩を盛った皿、水と酒を入れた湯呑みを、かつて床の間だったところの前に置き、咲耶は神楽鈴《かぐらすず》と榊《さかき》を手にした。

そのとき、ぎいっと門があく音がした。

「お嬢さま……お戻りください」

門の外で声をはりあげているのは女中だろうか。

先日、雉屋の番頭とともに屋敷に現われた娘が、紋付《もんつ》き姿でしずしずと入ってきた。確か比良という名だった。

「主に代わり、私も立ち会わせていただきます」

背中に物差しを入れたようにぴんと背を伸ばし、風に目を細めながら比良はいい、つっと口を結んだ。十五、六だろうか。優しげな眉に、二重《ふたえ》まぶたの大きな目。鼻筋も通ったきれいな娘だった。

「旦那《だんな》さまになんと申し上げればいいのか。私が叱《しか》られます」

また女中が外から叫んだ。中に入ってこないのはやはり屋敷を怖がっているのだろう。

「心配はいりません。ただ立ち会うだけですから」

比良は宗高の目をじっと見た。

「よろしいでしょうか」

「もちろんです。よろしくお願いいたします」

娘は強い目をしていた。先日といい、今日といい、この娘は屋敷を恐れてなどいなかった。

　掛けまくもかしこき伊邪那岐大神《いざなぎのおおかみ》
　筑紫《つくし》の日向《ひゅうが》の橘《たちばな》の小戸《おど》の阿波岐原《あわぎはら》に
　御禊祓《みそぎはら》へ給《たま》ひし時になりませる祓戸《はらえど》の大神《おおかみ》たち
　諸《もろ》の禍事罪穢《まがことつみけがれ》あらむをば、祓へ給ひ清め給へと
　もうすことをきこしめせと、かしこみかしこみもうす～～

宗高が深く響く声で祓詞《はらえことば》をあげはじめた。

きれいな詞、あたりを柔らかく震わせる響き……頭のてっぺんからつま先ま

で、ゆるゆるとゆさぶられ、悪いものが心身から抜けていくような気がする。
座敷にもきれいな風が吹きはじめた気がした。
だが、次に宗高が祝詞を奏上しようとしたとき、咲耶の首筋がひやりとした。
先日、屋敷を出たときに感じたのと同じ、鋭い冷たさだ。
次の瞬間、部屋が闇《やみ》に包まれた。
ぐにゃりと身体が揺れ、咲耶は思わず膝《ひざ》を折り、手をついた。
同時に天井から床から、無数の腕がにょきっと浮き出てきた。
青いほど白い腕だ。
その腕が宗高と咲耶にとりつく。ぞっと咲耶の肌《はだ》が粟《あわ》だった。
細く華奢《きゃしゃ》な腕なのに、ふり払うことができない。
肌をはむように指が食いこんでいく。
「咲耶！」
宗高がふり返った。その肩、首にも腕がとりついている。
「宗高さん、祝詞を続けて」
咲耶が促すと宗高は祓い串をふり、再び祝詞を奏上しはじめた。
宗高の声、清らかな言葉が家の中に響いていく。

祝詞を聞きながら、咲耶も陰陽道《おんみようどう》の呪文を低くつぶやく。

『青龍《せいりゆう》・白虎《びやつこ》・朱雀《すざく》・玄武《げんぶ》・勾陳《こうちん》・帝台《ていたい》・文王《ぶんおう》・三台《さんたい》・玉女《ぎよくによ》』

本来陰陽師《おんみようじ》は刀に見立てた人差し指と中指の二本で格子《こうし》を描くのだが、咲耶はしゃらしゃらと神楽鈴で空中に四縦五横《しじゆうごおう》の格子を描いた。

そして「即座に魔物よ立ち去れ。神の軍団がここを取り囲んでいる」と強く念じる。

咲耶にとりついていた腕が離れ、宙空でふっと消えた。宗高の背中に爪をたてていた腕、足を押さえていた腕も粉々《こなごな》になって消えていく。

これは妖ではない。

空に浮かんだ虹《にじ》のようにあっけなく消えた。

目にしていたのはまやかしだ。肌に感じた痛みも、まやかしだ。

しゃらしゃらっしゃら……。

座敷の中に、鈴の音が満ち、光の粒《つぶ》が舞っているようだ。

部屋に、再び朝の光がさしこんだ。

まやかしを咲耶たちに見せたのは誰だ。

「咲耶、無事か」

ふりむいた宗高に咲耶は静かにうなずいた。

「宗高さんは？」

「私は大丈夫だ。だが急に首を絞められたみたいに息が苦しくなった。なんだったんだ、あれは」

宗高は首筋を押さえながらいう。宗高には腕は見えなかったらしい。

祝詞と陰陽師の呪文でそれは姿を消したが安堵《あんど》することはできなかった。まやかしの術を使うものを祓えたとは、思えない。そんなたやすいものではないと咲耶の胸がざわめき続けている。

比良が座ったまま前にばたんとつっぷしたのは、そのときだった。

あわてて咲耶は抱き起こした。今の今まで、比良のことがすっかり頭から抜けていたことに咲耶は気がついた。

「お比良さん、しっかりして！」

比良は目をあけ、胸を押さえる。顔が真《ま》っ青《さお》だ。

「ちょっと気分が……」

「怖い思いをされたんじゃ……宗高さん、私、お比良さんを雉屋さんにお連れし

「それがいい。でもう大丈夫ですよ」

片づけ次第、自身番の文三郎に挨拶をして帰るという宗高を残して、咲耶は比良の身体《からだ》を抱えるようにして外に出た。

吹きさらしの座敷にいたのに、比良は汗ばんでいた。

比良がふいにぎゅっと咲耶の手を握った。その感触に咲耶はぎょっとした。青いほど白い腕だ。細く華奢な指、力の入れ具合。

屋敷の壁や天井から出てきたのは、比良の腕ではないか。

「……助けて……」

かすかな声で比良がつぶやく。

その瞬間、比良の顔にもうひとつの顔がかげろうのように重なった。面高《おもだか》の端《たん》整《せい》な顔。唇の左下にほくろがある。瞬きする間に、その顔は消え、比良の顔に戻っている。その唇がおびえているかのように震えていた。

「私にできることでしたら」

咲耶がそういうと、比良は安堵したようにうなずいた。

比良の部屋は裏の坪庭《つぼにわ》に面していて、植木と塀越しに隣の例の屋敷と接していた。

比良はお茶を持ってきた女中にしばらく出入りしないようにと命じた。

火鉢にかけた鉄瓶からはしゅんしゅんと湯気《ゆげ》が立っていて、部屋はほんのり暖かい。吹きさらしの屋敷で冷え切った身体に血が戻ってくるようだ。

比良は甘く薫《かお》り高い煎茶《せんちゃ》で唇を湿らせると口を開いた。

「物心ついてしばらくしてから、同じ夢を見るようになったんです」

おかしな夢だった。

何も置かれていない、がらんとした座敷に十五、六歳の武家の娘が座っている。金糸《きんし》で扇が刺繡《ししゅう》された真《ま》っ赤《か》な振り袖に黒の緞子《どんす》の帯を締め、筥迫《はこせこ》や懐剣《かいけん》、帯揚《おびあげ》や帯締めなどもすべて赤……はっとするほど華やかな装《よそお》いなのに、暗い表情で娘はうつむいている。

季節は冬。それなのにすべての障子をあけ放ち、冷たい風が家の中を吹きわたっている。

ふいに騒がしくなり、人々が座敷になだれこんできて、娘に頭ごなしにいう。

——今日が期限だ。出て行ってもらう。

——ここにはもう住めないのだから。わかっているでしょう、あなたも。

娘はそれらの者の手で、家から追われるのだ。

「……その家が隣の屋敷だとわかったのは、五歳の春でした」

なぜ隣家が自分の夢に出てくるのだろうと、ぼんやり部屋から隣の屋根を見ていると、祝言《しゅうげん》を控えていた叔母がやってきて比良にいった。

——お比良も、夢を見たのね。あの娘がうちの女を選んだのよ。私が嫁《とつ》げば、お比良が後を継ぐの。

——継ぐって何を？

——そのうちにわかるわ。何が起きてもしゃんとしてるのよ。

叔母は嫁いでいったが、何年もの間、比良に変化はなかった。だが肝試しの男たちが隣の屋敷に押しかけるようになると、比良の夢が変容《へんよう》した。

夢の娘は怒っていた。

入ってきた男たちに「この屋敷は私のものだ。誰にも渡さない。出ていけ！」と叫び、とりつき、荒々しく首を絞めあげる。

「その夢を見たときは必ず、みなが前の晩、隣の屋敷に肝試しの者が入り逃げ帰ったと噂しているのです。そのときの気持ちのざわめきといったら……もしかしたら、あれは夢ではなく、自分がしたことかもしれないと」

思いあぐねて、嫁いだ叔母のもとを訪ね、夢のことを尋ねた。

だが叔母は目をしばたたき「何の話やらわからない」といった。嫁ぐ前に比良にいった言葉さえ忘れていた。

夢を恐れる比良は寝るのが怖くなった。最近は、まんじりともせず朝を迎えることも増えた。

「けれど、屋敷に入る者がいれば、私は気を失ったように寝入ってしまい、夢を見てしまうのです。先ほども、私は夢の中にいました。宗高さんが祝詞をあげはじめた瞬間に気が遠くなり……おふたりにとりつき、宗高さんの首を絞める夢を見ていたんです……」

そのとき、娘に果敢《かかん》に挑んだ咲耶の姿を、比良は目にしたのだ。

「咲耶さんの呪文は光の矢となり、娘に、私に向かってきました。矢があたると娘は顔をゆがめ、姿を消した。……咲耶さんなら私の話を信じて力になってくれるのではないかと思ったんです」

比良の目からほろりと涙がこぼれた。

「私はまもなく祝言をあげることが決まっています。……私の姪《めい》で、兄の長女のお富久《ふく》が先日、隣の家をぼんやりと見ておりました。お富久はきっとあの夢を見たのでしょう。かわいいお富久が私と同じ思いをすると思うとたまりません」

比良はこらえきれず、顔を手で覆った。

陰陽師の家に生まれ育った咲耶は不思議な話は山ほど知っている。だが、代々、その家の娘が屋敷に侵入する者を阻《はば》む役割を受け継ぐ、それも隣の家の。そんな話は聞いたことがなく、どうすればいいのかもわからない。

咲耶は比良の手をとった。

「お比良さんの話、信じます。何かできることはないか考えてみます。どうぞお力を落とされませんように」

「よろしくお願いします」

比良は細い指をついて、深々と頭をさげた。

◇◆◇◆

「あの屋敷は祈禱で、真《まこと》に平《たい》らかになったのだろうか」

その夜、宗高は首に手をやりながらつぶやいた。

「お比良さん、なんであの場に来たんだ？　杉本の主も、自分の父親も、差配人の文三郎でさえ、立ち会いを拒《こば》んだのに。そういえばあの娘、私たちが最初に屋敷に入ったときにも、乗りこんできたよな。……何かあると思わないか？」

涼しげな目で咲耶を見つめる。曇《くも》りなく澄《す》んだまなざしだ。咲耶の胸がきゅんと跳ねあがる。

「あそこ、化け物屋敷なんていわれてるんだぜ。若い娘なら逃げ出す場所だ。……今日、お比良さんが、紋付き姿でしずしずと入ってきたとき、正直、背中がぞっとしたんだ。青白い顔をして、袖から出ている手も指も、蠟《ろう》のように細く白くて、病人か幽霊みたいだった。気になる。気になってならん。咲耶、ときどきお比良さんの様子を見にいってくれないか」

「わかりました。おっしゃる通り、雉屋さんにちょっと入り浸《びた》ってみますわ」

これで堂々と比良を訪ねられると、咲耶は胸をなでおろした。

宗高と暮らしていると、見えるものは限られても、清らかな気持ちが見せてくれる風景があると信じられる。

そのうえ宗高は咲耶が舌をまくほどにしぶとい。途中で投げ出したくなるようなもつれた糸も、宗高は最後までほぐさなければ気が済まない。

翌朝、掃除を式神にまかせて、比良の夢のことを考えていると、金太郎のところに入内雀《にゅうないすずめ》がやってきた。

へへへなんて金太郎が笑ってる。入内雀は妖で、金太郎の仲良しだった。

入内雀が飛び立つのを待って、咲耶は話しかけた。

「楽しそうね」

「ぼちぼちですわ」

「ねぇ、この間、屋敷は器。器に人や妖が入る。ときには器自体が妖になるといったでしょ。そのほかに屋敷がおかしなことになるってことある？」

「それが人にものを聞く態度か？」

またはじまったと咲耶は軽くこぶしを握った。子どもには手放しで優しいのに、金太郎にはもったいぶった、妙に尊大《そんだい》なところがある。

「失礼いたしました。ミヤも三吉もあてにならないし……金ちゃんならきっとわかると思ったのに。わからないわよね。もう、いいわ」

「……で、なんや」

食いついたと咲耶はこぶしをきゅっと握った。金太郎をやる気にさせるには、見とれ化け猫と思わせるに限る。咲耶は比良の話を語って聞かせた。

「かわいそうやな。ちっさいときからそんな夢、見させられて。そのお富久ちゃんゆうのも」

案《あん》の定《じょう》、子ども好きの金太郎が話にのってきた。

「……夢に出てくる武家の娘が怪しいで。その娘が念をかけとるんやないか。その念を解《と》かんとあかんのとちゃうかいな」

咲耶はぽんと手をうった。

「武家の娘の念？　それがお比良さんにとり憑いているってことか。だったら、お比良さんを祓えばいいのかしら」

「あほちゃうか。びっくりするわ。お比良さん祓ってどないするねん。お比良さんの前はおばはん、次はお富久ちゃんって、順番に雑屋の嬢ちゃんにとり憑いてるんやろ。っつうってのは念を飛ばしているものは他におるってことや」

「そっか。……どこから念を飛ばしてるのかしら。近くよね。屋敷の」

「せやなぁ、考えられるとしたら、まず庭やろな。娘ゆかりのものが屋敷の庭のどこかに埋められてるとか、娘の死体が庭にあるとか」

「……うへぇ」

思わず変な声が咲耶の口からもれでた。おどろおどろしすぎる。

「もしかしたら、雉屋んちの中にあるかもしれへん」

「し、死体が？」

「骨になっとるかもしれん。知らんけど」

ぞっと咲耶は身震いした。胸に手を置いて、おそるおそる聞く。

「もし、見つけたとして……その念はどうやって解くの？　お祓い？」

「ただだと思ってなんでも聞いて、それでええのか」

また金太郎がぷいと横をむく。

「だって金ちゃんしかいないんだもん。ミヤたちもわかんないだろうし」

ミヤごめんと、咲耶は心の中で手を合わせた。

「化け猫はなにやっとんねん。つかえんやっちゃなぁ」

金太郎は気持ちよさそうに悪態《あくたい》をついた。

「……あんな、念をこめたもんの名前を呼ぶと解けるって聞いたことあるわ。名前には霊力が宿っとるから」

名前に霊力があるという考えは、陰陽師の家に生まれた咲耶にとって馴染《なじ》み深いものだ。霊力をその人の魂《たましい》と言い換えることもできる。

宮中にもその考えは浸透していて、名前ではなく役職名で呼びあう。いくら親しくても、せいぜい姓までで名は呼ばない。名前を口にすることで、相手に呪《しゅ》をかけ、その魂を自由に操ることができると信じられているからだ。

「ありそうな話だわ、金ちゃん、おおきに」

金太郎に丁重に礼をいい、咲耶は例の武家屋敷に向かった。

咲耶が手をかけると、屋敷の門はす〜っとあいた。宗高が祝詞をあげ、咲耶が呪文を唱えて祓ったのに、屋敷の様子に変化はない。

首筋をなでる風はあいかわらずぞっとするほど冷たく、落ち葉が腐ったような臭いが庭全体からじわじわと立ち上っている。

傾きかけた屋敷に木々の枝が重なり、もはや庭と混然一体となって、ふくふくと呼吸しているかのようだった。

出てくるのが死体ではありませんようにと願いつつ、咲耶は胸元から式札三枚を取り出し、「念を封じこめたものを探せ」と命じた。

ひらひらと人型の式札が宙を舞い、藪の中を動きまわりはじめた。

咲耶は玄関のさざんかの脇に立って、式札の動きを見つめた。

だが、四半刻《しはんとき》（約三十分）たっても、式札は止まらない。

「見つからないわねぇ。ここにはないのかなぁ」

ふと、さざんかの株元に目をやったとき、木片が落ちていることに気がついた。

拾いあげると、古い表札だった。真っ黒に腐りかけているが汚れをはらうと、「真下《ました》」という文字がかすかに見えた。

そのとき、式札の一枚が塀を越えた。また一枚、そしてまた一枚。

塀の向こうは雉屋だ。

そして、塀に面しているのは比良の部屋。

咲耶は古い表札を握りしめ、その足で雉屋を訪ねた。

比良はげっそりとやつれていた。それでも咲耶の顔を見ると、目を輝かせた。

「もう二度と会えないような気がしていました。あんな話をして、頭のおかしな娘だと思われたに違いないと……」

式札は比良の部屋の中に入りこんでいた。式札の動きを目の端で注視しつつも、咲耶は比良に心をこめていう。

「お力になるという気持ちは変わっておりません」

比良は目に涙を浮かべ、隣の屋敷の屋根に目をやった。

「私、縁談を断るつもりです」

「えっ？」

「お富久にこんな思いはさせられませんもの」

さわっと咲耶の耳の奥で音がした。

音がしたほうを見ると、式札が文机《ふづくえ》の小簞笥の上ではねている。

咲耶は立ちあがると、文机に近づき、小簞笥の上に集まった式札をつかみ、胸元に戻した。

「お比良さん、この中のものを見せてもらえませんか？　おかしなことをいっていると思うかもしれないけど……」

ふっと比良が苦笑する。

「おかしなことばかりですもの。かまいません。どうぞご覧くださいな」

小さな引き出しをあけた咲耶の目に飛びこんできたのは、真っ赤な筥迫《はこせこ》だった。赤い絹仕立ての、古い筥迫。

見つめていた目の奥がずんと痛んだ。

ふいにひとりの娘の姿が脳裏に浮かんだ。真っ赤な振り袖を着た十五、六歳の武家娘。唇の左下にほくろがある娘が胸元にこの赤い筥迫をはさんでいる——。

「この筥迫は？」

「叔母が嫁ぐ前にくれたものです。代々、うちに伝わるものだそうで……」

筥迫は、鏡や白粉《おしろい》、紅筆《べにふで》などの化粧道具や懐紙《かいし》を入れるものだ。だが御殿《ごてん》女中や武家の女が正装の打掛《うちかけ》を着たときに使うもので、町娘に用はないはずだ。

「中には何が……」

わからないと首を横にふった比良の顔が、瞬時に武家娘の顔に変わった。

「ふれるな！」

低く重い声で比良がいう。比良の声ではない。

「やめて。もう出てこないで。あなたのいうなりにはならない」

今度は比良の声だった。

めまぐるしく比良の顔と武家娘の顔が交互に入れ替わる。

自分の顔に戻った比良は、もうひとりの娘にあらがうように唇を噛《か》み、筥迫をあけ、中のものをふり落とした。茶色に変色した古い懐紙。鼈甲《べっこう》の小さな櫛《くし》、銅製の小さな鏡がぱらぱらと畳の上に転がる。

咲耶は鏡を手にとった。そのとたん、再びどんと衝撃が来て、ふらついた。

日差しがみるみるかげっていく。

武家娘と比良によく似た娘が、この部屋で手を握りあっているのが見えた。

鏡の中の念が見せている光景だろうか。

――もらえないわ。町人の私は使えないし、お父上とお母上が美月《みつき》ちゃんにって求めてくださった大切な筥迫でしょ。

――持っていてほしいの。私たち親友でしょ。

――お武家と町人なのにね。でも美月ちゃんちがこんなことになるなんて……。

――父上が人をゆすっていたなんて話、私は今も信じていないの。罪をかぶせられて、どうせ殺されるなら自分で死ぬって、父は怒って腹を切ったのよ。

――私もそう思うわ。誇り高いお父上だったもの。

――私、とうとうひとりになっちゃった。母上が亡くなっても、父上がいればさびしくなかったのに。

――美月ちゃんはひとりじゃないよ。御親戚だっているし、私も。

――ね、ここから屋敷が見えるでしょ。いつも屋敷を見ていてくれる？

――見てるわ。屋敷を見て、美月ちゃんが元気でいるように願ってるわ。

――誓って。自分は美月の屋敷を見守るって？　この筥迫を手に持って。
――おかしな美月ちゃん。いいわ、誓うわ。
ふっと娘たちの姿が消えた。
比良はまた夢を見ているのか。うつぶせになり目を閉じている。
念をかけた理由と、その娘の名前がわかった。
真下美月《ましたみつき》。親を失い、家を追われた気の毒な娘だ。
咲耶は鏡と櫛を手にとって、印《いん》を切りながらつぶやく。
「ましたみつき、念を捨てて魂を鎮《しず》めよ！」
ぱんと櫛が割れた。鏡にぴりぴりとひびが入る。
同時に、地鳴りのような音が聞こえた。
はっと外を見ると、隣の屋敷が崩れ落ちている。
もくもくと土煙がうずたかくあがった。

◇◆◇◆

「たまげました。あの屋敷が壊れるとは……今まで怪異が続き、手をつけることさえできなかったのに……」

二日後、文三郎が宗高を訪ねてきた。

咲耶はふたりにお茶を出すと、部屋の隅に控える。

「明屋敷番のお役人も、これで更地にできると喜んでらっしゃいまして」

宗高が身をのりだす。

「まあ、根太も屋根も何もかも今にも朽ち果てんばかりで相当傷《いた》んでいましたが……。跡形もなく崩れてしまうとはなぁ」

「まさかこれほど宗高さんのお祓いが霊験あらたかとは、いや、お見それいたしました。ありがたいことでございます」

「実は、あの家を祓うことができたのかどうか、半信半疑《はんしんはんぎ》だったんです。お祓いのあとも、あの屋敷には見えない力が残っているような気がして……」

「見えない力？」

「……人の妄執《もうしゅう》、あるいは念のようなもの……でしょうか」

「はぁ……いずれにしても、宗高さんのお祓いで万事めでたしめでたしですな」

文三郎はさらさらと気楽に流したが、宗高はしばらくの間、あごに手をやり考えこんでいた。

咲耶は宗高に比良と美月のことなど一切話していない。

だがなぜか、真実に宗高は近づいていく。到達しきらないにしても、ぎりぎりのところまでは行きつく。

とぼけた風を装って、実は宗高も見えない世界を見ているのではないかと思うほどだ。

「そうそう。雉屋の娘、お比良さんは間もなく嫁がれるそうですよ。お相手は木《き》場《ば》の若旦那でお幸せになられることでしょう。雉屋さんにはもうひとり五歳になるお富久ちゃんという末娘がおりましてな。これが未来の亀島小町といわれるほどのかわいさで……」

咲耶は金太郎の視線を感じた。金太郎が片方の目をつぶって笑っている。

美月の念は解けた。

比良の姪・富久が恐ろしい夢を見ることはない。そして比良も。

比良は屋敷が崩れた瞬間、すべてを忘れていた。

幼いころから自分が隣の屋敷の夢を見ていたことも。

肝試しの輩を追い払ったことも。咲耶とのやりとりも。

これが、念が解けることなのかと、咲耶はあっけにとられたほどだった。

数日後、宗高は社務所に一枚の紙を貼った。

『ふざけ半分で肝試しに行くのはやめましょう。

誰かの身に起きたことは自分にも起きることです。

この場所はひやりとすると感じたら、
すぐにその場から立ち去りましょう』

「なんだコレ？」と首をひねるウメたち三婆《さんばば》に、ミヤが亀島町の化け物屋敷の顛末を得意げに語っている。

「咲耶がミヤに亀島町の件、教えたのか？」

「……ミヤの噂好きは半端《はんぱ》じゃないですもの。だったら、先にちゃんと教えておいたほうがいいって思って……いけなかった？　ごめんなさい」

咲耶は殊勝に頭をさげた。

「謝ることじゃないさ。……咲耶の言う通りだ」

「んもうぉ。宗高さんは優しいんだから」

咲耶は甘えるように宗高の胸をとんとたたく。宗高はその手を握って咲耶をそっと引き寄せた。

だが、そんなふたりのやりとりは三婆の声でぶった切られた。

「咲耶さん、まだ、つるし柿あるよね？」

「ありますよ。今お持ちします」

宗高が奥に向かおうとした咲耶の肩に手を置き、押しとどめる。

「おれが持ってくるよ。咲耶も食べるだろ」

うふんと咲耶はうなずいた。

宗高はその後も例の屋敷のことを調べていたらしい。

改易《かいえき》になった与力で、あの家に住んでいた者の探索を、例繰方同心の知り合いに依頼していたのだ。

「真下という家だったらしい。最後に残ったのはひとり娘で、名は美月。旦那寺《だんなでら》の宝泉寺《ほうせんじ》に墓があるという。一緒に墓参りにいかないか」

秋晴れのある日、宗高は咲耶を誘った。ふたりは屋敷跡に手を合わせ、それから宝仙寺に向かった。

寺の坊主は過去帳を見ながら、美月について語った。

「この人はうちの寺の手伝いに入り、亭主は持たず、晩年は町屋で子どもたちに行儀《ぎょうぎ》作法やらなんやら教えていたらしいですな」

美月の父の事件はその後濡《ぬ》れ衣《ぎぬ》だと判明し、真犯人の朋輩《ほうばい》はきつい仕置きを受けたという。それも五十年以上も前のことだ。

咲耶は美月の墓に、屋敷の庭で切ってきたさざんかを供えた。さざんかは崩れ落ちた屋敷の下敷きにもならずに残っていた。花がまさにほころびかけていた。

美月は自分がかけた念がこれほど長く、雉屋の娘たちを縛《しば》っていたことを知っていただろうか。咲耶は、真っ赤なさざんかが、冷え冷えとした座敷でひとり、赤い振り袖を着て座っていた美月のような気がした。

化け物屋敷の件はまたもや読売がにぎにぎしくとりあげた。

荒山神社の神主が、化け物を祓い、屋敷は崩れ落ち、万事めでたしめでたしとまとめられている。

読売のおかげで祈禱の依頼も増え、キヨノはほくほく、宗高はご機嫌で忙しくしている。祈禱はいつも宗高と咲耶の二人連れである。

第三話：占い狂《きょう》騒《そう》曲《きょく》

◇◆◇◆

実母・豊菊《とよぎく》がいっていた京からの公家《くげ》の使者はひと月たっても訪ねてこない。

東海道《とうかいどう》を下向《げこう》しながら町々のお大尽《だいじん》の家に立ち寄り、短冊《たんざく》に和歌を書いたり、ときには占《うらな》いをしてみせたりして、そのたびに大枚《たいまい》の小判をちょうだいして、ゆるゆると江戸に近づいているのだろう。

霜月《しもつき》（十一月）に入り、冷えこみがきつくなっていた。

京の底冷えもこたえるが、江戸の空《から》っ風《かぜ》も骨まで凍《こお》らせる。

そんな寒さもなんのその、今日は遠縁《とおえん》の花世《はなよ》が遊びに来ていた。

十八歳の花世がキヨノとしゃべって何がおもしろいのか、咲耶《さくや》は不思議でならない。だがキヨノが、花世を宗高の花嫁第一候補と考えていたとなると、穏《おだ》やかな気持ちではいられない。

咲耶と宗高が夫婦《めおと》別れをしたら、花世は後釜《あとがま》にすわる気でいて、キヨノもそれを応援している節《ふし》があるのだ。

「まあ、その子、よく助かったこと」

「そうなんですの、真冬でしょう。子どもが大川《おおかわ》に落ちたとき、みんな内心、もうダメだと思ったんですのよ。それが無事に岸辺に流れ着き、ぴんぴんしてたんですから」

花世は口から泡を吹かんばかりの勢いで、大川に落ちた子どもの話をしていた。

「その子が生きながらえたのも神さまのご加護でありましょう」

キヨノが重々《おもおも》しくいい、そっくり返る。こういうとき、キヨノは荒山神社《あらやまじんじゃ》の威《い》を借りてか、自分が神さまのお使いのような顔をする。

咲耶がお茶と茶菓子を前に置いても、花世は無視をきめこんで、会釈《えしゃく》もしない。

「そうそう、おばさま、納音《なっちん》占いってご存じですか」

咲耶の動きが瞬間、止まった。

「な、なっちん？　聞いたことないわね」

「なんでも、陰陽師《おんみょうじ》が用《もち》いている秘術の占いだそうですの」

「そうです。呪文を唱《とな》えて敵をやっつけたり、相手を意のままに操るっていう奇術を使う……」

「陰陽師！」

花世が得意満面《まんめん》でいった。

いったい、それはどこの陰陽師の話だと咲耶の目が細くなった。うろ覚えの半《はん》端《ぱ》な話を自信満々にまき散らす花世のような娘のせいで、陰陽師が怪《あや》しげな輩《やから》だと思われてしまうのだ。

陰陽師は、帝《みかど》と京の都を守るために働く宮廷の役人だ。星の動きを見、暦《こよみ》を作り、天文《てんもん》に異変があれば帝に伝え、鬼や悪霊《あくりよう》を鎮《しず》めもする。雨乞《あまご》いや晴れ乞いも行なう。

川の氾濫《はんらん》や地震、台風、疫病《えきびよう》の流行などに備えるために、陰陽師は予測もする。そのために使うのが「占術《せんじゆつ》」だった。

占術にも、時を占う「暦占《れきせん》」、方位を占う「方位占《ほういせん》」、人を占う「命占《めいせん》」など様々あり、納音占は命占の一種である。

「今、両国広小路《りようごくひろこうじ》でよくあたると評判なんですのよ。法外《ほうがい》にお高いのに順番を待つ娘たちが列をなしているんです」

「占いのために並ぶ？　暇を持てあました金持ちにしかできない芸当《げいとう》だわね」

キヨノはちょっとくやしげに一刀両断《いっとうりょうだん》に切り捨てた。

「おっしゃる通り。……そしたら両国広小路のはずれで別の納音占いを見つけましたの」

「別の占い？　それで？」

「占ってもらったんです。これがあたっているような気がするんですのよ」

花世は納音占いでは「釵釧金《さいせんきん》」という分類に属すといわれたという。

「釵釧金はかんざしという意味で、華やかな場所が似合う女なんですって」

「あらぴったりじゃない」

花世は、ほほほと気持ちよさそうに笑う。

ちなみに釵釧金には、見た目や肩書きに気をとられがちという面もある。

「今度、おばさまもいらっしゃいません？」

「だめだめ。うちではおみくじを売ってるんですもの。私が占ってもらったりしたら、荒山神社の評判にかかわります。……咲耶、至急、おみくじの追加を。納音占いに負けてなんかいられませんから」

部屋を出ようとふすまに手をかけた咲耶に、キヨノがしらっと命じる。

実はおみくじにも千年以上の歴史がある。そのうえ、届くべき人に届くように と宗高と咲耶で念入りに願をかけているのだから、荒山神社のおみくじも霊験《れいげん》あらたかという意味では相当なものなのだ。

咲耶がふすまをしめかけたとき、花世のはずんだ声が聞こえた。

「それでね、宗高さんとの相性も占い師にみていただいたんですの。私と宗高さん……宿命の間柄なんですって」

咲耶の眉《まゆ》がつり上がった。その口元がきゅきゅっと動いたとたん、「ぎゃっ」という花世の悲鳴が続いた。

「あ〜なんてこと、せっかくの花世さんの晴れ着にお茶が。早く拭《ふ》かないと!」

「あ〜ん、しみになっちゃう」

あわてるふたりの声を背中で聞きながら、咲耶はぴしゃりとふすまをしめ、ふんと鼻をならした。

◇◆◇◆

翌日、咲耶が両国広小路に出かけたのは、そうしたいい加減《かげん》なことをいう占い師の顔を見てやろうと思ったからだった。

両国広小路は両国橋の東西のたもとに作られた火除地《ひよけち》で、江戸で一、二を争う盛《さか》り場である。

飴《あめ》や団子《だんご》、稲荷《いなり》ずしや天ぷらまで、あらゆる食べ物を売る屋台が並び、芝居や浄瑠璃《じょうるり》、軽業《かるわざ》を見せる小屋に人が集まっている。

大川沿いの髪結《かみゆ》い床《どこ》や茶屋では老若男女《ろうにゃくなんにょ》がのんべんだらりおしゃべりに興《きょう》じ、小物や土産物《みやげもの》を並べる露店《ろてん》を冷やかす人々が引きも切らない。

空には色とりどりの幟《のぼり》がはためき、常に人でごった返している。

納音占いはすぐに見つかった。

からくり小屋の隣に、『二〇〇〇年の歴史を持つ納音占い』『開運！　人生を変える！』『宿命の人を射止《いと》める！　占い館』という幟が何本も立っていた。

「本物の陰陽師が占うよ。恋をかなえたい、あの人をふりむかせたい、恋を邪魔する相手から引き離したい。恋愛成就《じょうじゅ》、復縁、悩み事なんでもござれ！」

「鑑定料銀一朱（約五千円）。特別鑑定料金二朱から。一生楽しく暮らすためなら、ただみたいなもんだ。京の都で修行した占い師が天を味方につける方策を教えるよ」

呼びこみの男がふたり、声をはりあげていた。

花世が法外に高いといったのはこちらのほうだろう。納音占いは格式があるものだから、金二朱だって決して高くはない。京の名のある陰陽師ならその何十倍も平気で要求する。ただし本物ならば、だ。だが、宮中に仕《つか》える陰陽師が江戸の両国広小路にいるわけはなかった。

こんな怪しげな客引きにつられて、年頃の娘だけでなく、三十路《みそじ》四十路《よそじ》の女もが、列を作っているのも驚きだった。

だが、両国広小路の端から端まで歩いてみたものの、花世が占ってもらったというもうひとつの納音占いは見つからない。

せっかくここまできたので空手《からて》で帰るのもなんだと、咲耶は三吉《さんきち》が働く代書屋《だいしょや》《文栄堂《ぶんえいどう》》をのぞいてみることにした。

裏通りに入ったとたんに咲耶の目が丸くなった。

文栄堂の前にも『びっくりするほど当たる』『恋のはじまりはいつ？』『明朗会《めいろう》計、何を聞いても一件五十文』などと書かれた素人《しろうと》作りの安っぽい幟がひるがえっていた。

　そこに机を前に床几《しょうぎ》に座った紫《むらさき》の御高祖《おこそ》ずきんをかぶった女がいて、娘たちが数人、列をなしている。

　花世を占ったのはこの女だ。疑いの余地《よち》はない。

　それにしてもなぜ、よりによって三吉の働く文栄堂の真ん前で、占いの店を広げているのか。いぶかりながら咲耶は近づいた。

　占い師のその女は相当な寒がりらしく、足元には小さな火鉢《ひばち》を置き、綿入《わたい》れを着こみ、襟巻《えりまき》をぐるぐる巻きにしてダルマのように着ぶくれている。机の上には代金を入れる大きな招き猫の貯金箱が置いてあった。

　女の様子をそっとうかがった咲耶は、目をしばたたきながら、もう一度、その顔を見直す。視線に気づいた女がふとふりむいた。

「あれま、咲耶さん、どうしたの？　こんなとこで」

　それはこっちの台詞《せりふ》である。

　つり気味《ぎみ》のくりっとした目、指でつまんだような鼻、ちょっと大きめの薄紅色《うすべに》の唇《くちびる》……御高祖ずきんの占い師は、化《ば》け猫《ねこ》のミヤだった。

　ミヤは前に座っている娘に向き直ると、その肩に気安く手を置いた。

「勇気をふるい起こして前に進め！　です。こっちから告白しましょう」

娘は不満げに上目遣《うわめづか》いでミヤを見た。

「え、そんなことできなぁい」

「あなたは澗下水《かんかすい》なのよ」

ミヤが目を見開く。光の加減で微妙に大きくなったり細くなったりするミヤの瞳孔《どうこう》に、娘が魅入《みい》られていくのが手にとるようにわかった。

「澗下水？」

「岩の間から流れ落ちる美しい滝のこと。水は地を潤《うるお》すでしょ。水のように人を潤す、面倒見のいい、世話《せわ》好きな女ってこと。でも心の中では自分を守ってくれる人を待っているの。思いあたるとこない？　だからあなたには男を守り、守られる、そんな関係がぴったりなの。悩んだって時間が過ぎるだけ。人は生きている時間が限られているんだから、前に進んだほうがいいわ」

「あたって砕《くだ》けたら？」

「合わない男だったってこと」

「……そんな、生きていけない……」

「大丈夫、男からふられてへこたれて死んでしまうような女は古今東西《ここんとうざい》そうそういないから。そんなやつのことはさっさと忘れて、もっといい男を探せばいいだけ。ま、もしかしたらうまくいくかもしれないし。……以上」

娘はしばらくまばたきを繰り返したが、やがてにっこりと笑った。

「……なんだかわからないけど、元気がでてきた」

ミヤは娘の前にすっと招き猫の貯金箱を差しだした。

「お代はこちらに。本日はこれにて閉店です。またのお越しを。まいどありぃ」

後ろに並んでいた娘たちがええ～っと不平の声をもらしたが、ぺこりとお辞儀《じぎ》をしたミヤは、文栄堂の戸をあけ、「よいしょ」と机を中に片づける。

「調子にのって毎日やってんですよ。いい客寄せになるからって旦那《だんな》さんも、火鉢や机も貸したりして。何かやらかすんじゃないかと、こっちは気が気じゃなくて」

三吉が咲耶に気づき、中から出てきた。幼な顔に似合わぬ渋《しぶ》い表情を浮かべている。

三吉はミヤの弟というふれこみだが、実は三つ目小僧《みつめこぞう》だ。まじめで人のいい三吉は年中、ミヤに気の毒なほどふりまわされている。

床几や火鉢などの借り物を返したミヤは、重くなった招き猫を風呂敷に包んだ。

「そろそろ帰って魚を焼かなくちゃ。三吉、今日は秋刀魚《さんま》でいい？」

「なんでもいいよ」

三吉はぞんざいにいい、代書仕事に戻っていく。はじめは子どもだから配達だけをまかされていたが、案外《あんがい》うまい文を書くと認められ、このごろ三吉は代書仕事もするようになっていた。

咲耶はミヤとともに外に出た。

「ミヤが納音占いをするなんて知らなかった。相当勉強したんじゃない？」

並んで歩きながら咲耶はいった。

「あたいが勉強？　咲耶さん、熱ないよね」

即座《そくざ》に切って捨てるようにミヤがいう。確かに勉強するミヤなど想像できない。

「でも、いっぱしのことをいってたから」

「ああ、それはね、これのおかげ」

歩きながら、ミヤは胸元から小さくたたんだものをとりだした。

紙は三枚で、開くとびっしり字が書いてある。

納音占いでは陰陽《いんよう》五行説《ごぎょうせつ》と六十干支《ろくじつかんし》をもとに、生年月日から人を三十の星にふり分ける。一枚目にはその計算方法が、あとの二枚には「海中金《かいちゅうきん》」「炉中火《ろちゅうか》」「大森木《だいしんぼく》」「釵釧金」など三十種類の星の性格や傾向がまとめてあった。

「評判の『占いの館』がどんなことをやっているのかなぁって忍びこんだら、これが落ちてたの」

「まさか、とってきちゃったの？」

「やだ、人聞きの悪い。拾《ひろ》ったのよ。机の上から。でね、おもしろそうだから、あたいも占いってやつをやってみようって」

「でも納音占いって小難しくない？」

納音占いでは十二支は子丑《ねうし》と午未《うまひつじ》が一、寅卯《とらう》と申酉《さるとり》は二、辰巳《たつみ》と戌亥《いぬい》は三とし、五行は、木が一、金は二、水は三、火は四、土は五となる。十干は、甲乙《こうおつ》が一、丙丁《へいてい》は二、戊己《ぼき》は三。庚辛《こうしん》は四、壬癸《じんき》は五。この数字を使って占うのだ。

ミヤはあっさり手を横にふる。

「めんどくさいことはしてないから。あたいには勘ってものがあるし。この人はこうだなってぴんときたことをいうだけ」

ミヤいわく、じっと相手の顔を見つめ、意味ありげに「最近、何かありましたか？」というと、「何かあったって、わかるんですか」とみな、前のめりになるという。

「あとは相手がぺらぺら、しゃべるしゃべる。それに適当に相槌《あいづち》を打ち、なんかこれっぽいなという星を選んであげれば、喜んでお金を払ってくれるってわけ」

そんないい加減なことをしていいのかといったところで、ミヤが聞くわけはない。ただ右から左に流せないこともある。

「花世さんに変なことを吹きこんだのは、ミヤでしょ」

「花世さん？」

ミヤはポンと手をうった。

「ああ～、キヨノばあさんのお気に入りの紙問屋の娘。来たような気もするけど」

「宗高さんと宿命の間柄だっていわれたって」

咲耶はきっとにらんだが、ミヤはまったく悪びれない。

「宿命たって、いろいろあるもん。宿命の腐れ縁、宿命のすれ違いとかさ」

「花世さん、有頂天《うちょうてん》になって、自分は釵釧金だって喜んで。いけすかないったらありゃしない」

あははとミヤが笑った。

「気取った娘には釵釧金といっとけば間違いないの。あたいがそんな娘のこと、いちいち覚えてるわけないじゃない、カワウソ女《おんな》とか河童《かっぱ》くらいじゃなきゃ」

カワウソ女は夜道を歩く人の提灯《ちょうちん》の火を消したり、人を化《ば》かして石や木の根と相撲《すもう》をとらせたりする妖《あやかし》だ。

河童はご存じ、キュウリが好物の、頭に皿をのせた妖で、ときに人を水の中にひきずりこむともいわれる。

「カワウソ女や河童が占いにきたの？」

「人の姿はしていたけど、あたしはすぐわかるもの。退屈してんじゃない？　死なないんだし。あ、でも河童は何かを捜してたんだった」

「捜してた？　何を？」

さぁと人ごとのようにつぶやく。

「まあ、川の中を捜せばあるでしょうとはいっといた」

「また適当なことを」

「だって河童が住んでるのは川の中だもん」

棒手《ぼて》ふりの魚屋を見つけると、ミヤは「またね」といって駆けだした。

「にいさん、脂《あぶら》ののった秋刀魚、ある？」

ミヤの機嫌よい声が風にのって響いた。

◇◆◇◆

キヨノから命じられたことはさっさとし終えるに限る。

顔を合わせるたびに「終わった？」「できた？」「どこまで進んだ？」としつこく催促《さいそく》されるからだ。

というわけで翌朝、咲耶は家事を式神《しきがみ》にまかせ、おみくじ作りにとりかかった。

荒山神社のおみくじには大吉、中吉、小吉といったものは書いてない。代わりに百人一首《ひやくにんいつしゆ》や古今和歌集《こきんわかしゆう》などの和歌が一首書かれている。いわゆる歌占《うたうら》だ。

たとえば光孝《こうこう》天皇の『君がため　春の野にいでて　若菜摘《つ》む　わが衣手《ころもで》に　雪は降《ふ》りつつ』の札《ふだ》を歌占で引けば、「あなたのために春の野で若菜を摘んでいたらちらちらと私の着物の袖《そで》に雪が降りかかってきましたよ」という意味が、ひいては「今は片思いで切なくても、やがて相思相愛《そうしそうあい》になるので心配はないよ。だから一途《いちず》に信じて進みなさい」という託宣《たくせん》となる。

おみくじに歌を書くのは咲耶の役目で、宗高がそれにお祓《はら》いを施《ほどこ》し、おみくじを引く人には「ちはやぶる　神の子ども集まりて　作りし占《うら》ぞ　正しかりける」という呪歌《じゅか》を唱《とな》えてもらうというのが習《なら》わしとなっている。

ちはやぶるうんぬんは「神の子どもが集まって作った占いは正しいのですよ」という意味で、これを唱えれば自分にふさわしい歌占を引くことができるとされている。

一心《いっしん》に咲耶が筆《ふで》を動かしていると、入内雀《にゅうないすずめ》がやってきて、金太郎《きんたろう》の近くでチュンチュンとしきりに鳴いた。

「いやほんまかいな。あほやなぁ」

金太郎の相槌もいつもより前のめりだ。

「何が起きてもわては知らんがな」

入内雀が出ていくと、金太郎は咲耶に声をかけた。

「えろう気合いが入ってはりますな。おみくじも式神にまかせれば、ちゃちゃちゃやいのちゃいででけるんとちゃいまっか」

「そうはいかないのよ。おみくじは神さまからの詞《ことば》だから、ひとつひとつ心をこめて仕上げないと」

「そうだっか。ところで……あのミヤが占い師まがいなことをしてるそうでんな。金はろうたのに、ええ加減なこというてけつかると、河童が怒髪天《どはってん》をつくありさまやとか。あ、河童に髪はないからたとえやがな。とにかくこまった化け猫や」

やけに今日は入内雀がやかましく、金太郎もいきりたっていると思ったのは、ミヤの話だったからだった。

入内雀は一度ならず二度三度、ミヤに飛びかかられ、あわやという目にあったそうで、ミヤ嫌いという点でも金太郎とは結託《けったく》している。

それにしても、ミヤが河童を占い、河童が怒っていることまでも入内雀の耳に入っているとは、恐れ入るしかない。

入内雀は空を自由に飛べる上、江戸に無数にいる雀たちとも話ができるので、情報通なのだろう。

「やっぱり河童の捜し物、見つかってないのね。何を捜してんのかしら」

「知らん。聞いてへん」

怒っている河童に万が一にも水にひきずりこまれたりしないように、当分、川の傍《そば》には寄らないよう、ミヤにいっておかなければと思ったとき、来客があった。

近くの料理屋《一蔵《いちぞう》》の女房・サワだった。

一蔵は五年前に米沢町《よねざわちょう》のはずれに開店した小さな料理屋だが、大きな料理屋で修行した主《あるじ》の一蔵が作る気の利《き》いた品々と、サワの行き届いたもてなしで知られ、予約は二月《ふたつき》先だといわれるほどの人気店だ。

「娘のおユキが七歳ですので、七五三《しちごさん》の御祈禱《ごきとう》をお願いしたいと思いまして……」

藍《あい》の紬《つむぎ》に白地の帯《おび》をきりっと締め、サワは翡翠《ひすい》色の帯締めをしめていた。小粋《こいき》な装《よそお》いが細面《ほそおもて》の顔によく似合っている。

「それはおめでとうございます。おユキちゃんも七歳ですか。子どもの成長は、早いものですね」

七歳までは神の子といわれ、病《やまい》で亡《な》くなる子も少なくない。

七歳の祈禱は、無事に育った感謝と、晴れて氏子《うじこ》として氏神《うじがみ》さまに認められ、人として一人前になったという祝いもかねた特別なものだった。

だがサワの表情がすぐれない。いつもならおかげさまで、と笑顔を見せるだろうに、目の色が暗かった。

「どうかなさいましたか。元気がないみたいですけど」

咲耶が声をかけると、サワはあわてて手巾《しゅきん》を出し、目元を押さえた。

「実はこのところ、おユキの様子がおかしくて……」

数日前、ユキが大川に落ちたという。

「ちょうど昼のかき入れどきで、私、おユキから目を離してしまって……」

店から大川はすぐだった。大あわてで近所の人が知らせに来て、サワと一蔵は店を飛びだした。

ユキははるか遠くに流されていた。手が切れそうなほど冷たい冬の川である。誰もがユキは助からないと思った。

だが一転、ユキは流れに逆らい泳ぎはじめ、なんと落ちた場所に戻ってきた。

花世が目撃したあの一件である。

「助かってよかったですねぇ」

「漁師でもこの時期、大川に落ちたら命はないといわれるのに、泳げないユキが戻ってこられたなんて神さまが守ってくれたとしか思えません。でもあの日から、おユキが変わってしまったような気がしてならないんです」

いつものようにご飯も食べる。手習所《てならいどころ》にも元気に通っている。受け答えもしっかりしている。

だが友だちとも遊ばず、年中、大川をひとりで眺めている。黙って、ずっと。

「もう川に近づいてはいけないよと、きつく言い聞かせているのに」

「川で何を？」

「ただぼんやりしているだけなんですけど……」

またユキが大川にひきずりこまれそうで怖いとサワは唇を震わせる。

「……三歳の七五三のとき、ご祈禱を受けさせなかったんですよ。それがいけなかったんでしょうか」

女の子の七五三は三歳と七歳だった。

「店をはじめてまもなくだったから、忙しさにかまけてしまって。……ですから、七歳のご祈禱はちゃんとしてやりたいと思いまして……もしかしたらそれでおユキが元のようになってくれるかもしれませんし」

ユキの祈禱は七日後の十一月十五日の朝に行なうことになった。

夕食後、宗高とユキの話になった。

「泳げない子が、大川に流されて戻ってきたってか……」

「命拾いですよね。でも不思議でしょ」

「おサワさんの言う通り、神さまのおかげかもしれないなぁ。水の神さまといえば、龍神《りゆうじん》さまに弁天《べんてん》さまも……。咲耶みたいにきれいな弁天さまが大川で、その子を助けてくれたのかもしれん」

弁天こと弁財天《べんざいてん》は、七福神《しちふくじん》の紅一点《こういってん》だ。川の流れが美しい音を奏《かな》でるのは、弁財天のおかげであり、美の神、福の神、芸能の神として尊《とうと》ばれている。吉祥天《きつしようてん》と並ぶ美女とも伝えられ、最上の美女にのみ許される天女《てんによ》の姿をしていた。

まんざらでもない気持ちで、咲耶は肩をすくめた。

「ンもう、宗高さんったら。でも、そんな目にあったら子どもは川を怖がりそうなのにおユキちゃん、毎日大川を見に行くんですって。おサワさんがとめても、川に行くのをやめないんですって」

「まさか……川の中で弁天さまにほんとに会ったのかも」

「あら、また、宗高さんの虫の知らせですか？」

宗高はうなずき、ふっと笑う。

宗高は幼いころ病弱でしょっちゅう風邪《かぜ》をひいていたという。五歳の春には医者があとは神に祈るだけだと匙《さじ》を投げたほどのひどい風邪をひいた。生死の境《さかい》を何度も行ったり来たりしたあげく、熱がひいたときには、宗元は目方《めかた》が減り、骨と皮だけのようにやせ衰《おとろ》えていた。

だがそれを機に一転、宗高は滅多《めった》に風邪もひかなくなった。同時に宗高は、自分に新たな力が備わったのを感じたという。

たとえば「ここはいい風が吹く」「何やらあやしい気配がする」とわかるようになった、と。そんなことは、日々、誰もが漠然《ばくぜん》と感じている範疇《はんちゅう》なのだが、宗高は、得がたい虫の知らせであると信じている。

◇◆◇◆

お祓《はら》いの前に、ユキに一度会っておきたいと宗高がいうので、翌日の昼過ぎ、宗高と咲耶は料理屋の一蔵を訪ねた。

一蔵は両国広小路の南のはずれ、薬研堀《やげんぼり》近くの米沢町三丁目にある。

店は小さいながらも二階屋で、二階の座敷からの眺めの良さも評判だった。

昼時の客が帰った時間で暖簾《のれん》ははずされていた。中に入ると、女や小僧は片づけに追われ、主の一蔵は小上がりで座布団を枕《まくら》に横になっている。

「わざわざおいでいただいて……」

昨日の今日で、うちそろって顔を出した神主夫婦に、サワは何事かと怪訝《けげん》な顔になった。女将《おかみ》といっても手ぬぐいを姉《あね》さんかぶりにして前かけをしめ、掃除《そうじ》から洗い物まで率先《そっせん》してやっている。

寝息をたてている一蔵に目をやり、サワはあわてて言い添える。

「うちの人は朝早くから市場に行き、夜まで店をあけているもんですから、休めるのは今だけで……」

「あ、そのままで。ただおユキちゃんの顔を見に来ただけですから」

一蔵を起こそうとしたサワを宗高がとめた。サワはそれからまわりを見渡しはっとなった。

「さっきまで店にいたのに。あの子ったら……」

あわててサワは店を飛び出し、二人はそのあとを追った。

ユキは大川の岸辺に立っていた。店の目と鼻の先が大川なのである。

咲耶はユキに駆け寄ろうとしたサワの肩を軽くたたいた。

「私たちがおユキちゃんを。おサワさんはどうぞお仕事続けてくださいな」

「そうですか、じゃお言葉に甘えて」

といいつつ、サワは気になる様子を隠さず、大声で叫《さけ》んだ。

「おユキ、川に近づいたらダメだっていっただろ。早く戻ってきなさい」

親に叱《しか》られればあわてそうなものなのに、ユキはふりむいただけで、サワが店に戻ると、また川に顔を戻す。

「おユキちゃん、川が好きなの？」

咲耶がユキの横にしゃがみこんだ。ユキはちらっと咲耶を見たが、返事もしない。もう一度、咲耶が名を呼ぶと、ユキは口をとがらせた。

「おっかさんにいわれて来たの？　川に近寄るなっていいに来たの？」

「それもそうだけど。私たち、挨拶《あいさつ》に来たの」

「挨拶？　なんで？」

咲耶は、自分たちは荒山神社の巫女《みこ》と神主であり、十五日にはユキの七五三の祈禱をするといった。

「祈禱って？」

宗高も咲耶の隣にしゃがみ、ユキと目の高さを同じにして微笑《ほほえ》みかける。白い歯がこぼれた。

「神さまにおユキちゃんが元気に育ってますよとご報告して、これからも健《すこ》やかに暮らせるようにお願いするんだよ」

ユキはじっと宗高を見つめた。

「神さまは、お願いを聞いてくれるの？」

「うん。聞いてもらえるように、一生懸命、お願いするよ」

「お兄さんが？」

宗高が穏やかな表情でうなずく。

「もうひとつ、神さまにお願いしたいんだけど」

いいにくそうにつぶやいて、ユキは目に力をこめた。

「何を？」

「どんなお願い？」

宗高と咲耶の声が重なった。

ユキはふたりの顔を一瞬見比べ、迷いなく宗高の耳に手をあてた。

何、この子？　子どもには人気があると自負《じふ》しているのに、咲耶にはちらりと横目をくれただけだ。

ほんのり頬を紅《あか》く染め、ユキは宗高の耳元にささやきかけている。

だが宗高の眉間《みけん》が次第に狭くなっていく。

「そ、それは……」

「神さま、聞いてくれるかな」

「……はたして神さまとつきあいがあるかどうかわからないが……やってみよう」

ユキは拝《おが》むように小さな手を胸の前で合わせ、上目遣《うわめづか》いで宗高を見て、こくんとうなずく。

宗高はすらっと背が高く、桃太郎がそのまま大人になったような整った顔をしている。笑うと愛嬌《あいきょう》と優しさがこぼれ、少年のような面差《おもざ》しになる。

若いころ追っかけが引きも切らなかった舅《しゅうと》の宗元《むねもと》とまではいかないが、町内にも宗高の贔屓《ひいき》がいるし、町を歩けば思わずふりむく娘もいたりする。

まだ七つとはいえ、ユキは宗高のことがすっかり気に入ったようだった。

「約束だよ」

「がんばってみるよ」

宗高はユキの小指に自分の指をからませた。

「じゃ、お店に帰ろうか」

咲耶がユキの手をつなごうとしたのに、ユキはその手をよけ、自分から宗高の手を握った。相手が子どもとはいえ、咲耶の口がわずかにとがった。

「おユキちゃん、なんていってたの？」

帰り道、宗高はあごに手をあて、う〜むとうなり続けている。

「咲耶がひっくり返ると大変だからなぁ……」

「……んもう、じれったい。ひっくり返ろうがすっ転ぼうがかまいません。早く教えて！」

咲耶が両国広小路の真ん中で足をとめ、ぷっと頰《ほお》をふくらませると、宗高が困ったような顔で耳に口を寄せ、「河童」とつぶやく。

「か・っ・ぱ？」

「そう。頭に皿がのっかってる」

おぼれかけたユキを助けてくれたのは、河童だったという。

その河童に会って、お礼をいいたい。だから、河童に会えるように神さまに頼んでくれと、ユキは宗高に頼んだのだというのだ。

「まぁ、おユキちゃんが大川を眺めていたのは河童を捜してたからだったの？」

宗高が咲耶をまじまじと見て、首をかしげた。

「あれ？　さほど驚いてないな。河童が人を助けるなんて話。てっきり腰を抜かすかと思ったが」

咲耶ははっと口に手をあてた。確かにすんなり受けとめすぎたかもしれない。

とたんに咲耶の身体《からだ》がふらついた。あわてて宗高が手を添える。咲耶はすかさず宗高にしがみついた。

「い、今頃になって驚きが身体に……河童がほんとにいるなんて。夢じゃないですよね。……あ、痛い」

自分で頰をつねって見せる。その手を宗高がそっとつかむ。

「咲耶、ばかなことを。つねってあとになったらどうする。たまげて、あたりまえだ。……やっぱり、河童はいたとは……想像の中のものなんかじゃなかったんだな」

「そうなんですね。ああ、胸がこんなにばたついてる。……宗高さんと一緒になってから、天狗《てんぐ》や神猿《しんえん》……いろんなものに出会いましたわ。そのたびにびっくり仰天《ぎょうてん》ですわ。で、今度は河童なんて……神主の女房たるもの、何に出会ってもたじろがず、しゃんとしなければと思ってるのに。遅れて衝撃に襲われるなんて、まだまだだわ、私」

立て板に水の如《ごと》く咲耶がいう。陰陽師であり、妖の血をひく咲耶にとって、河童など、実は珍しくもなんともない。

宗高はほれぼれと咲耶を見た。

「なんて健気《けなげ》なんだ、咲耶は」

「そんな私なんて……でも、ということは宗高さん。おユキちゃんが河童に会えるように拝むって指切りしちゃったんですか」

うむとうなずいた宗高を、咲耶は脂《あぶら》が抜けたような顔できょとんと見つめた。

これにはさすがの咲耶も心底驚いた。子どもにそんな安請《やすう》け合いをしたなんて。あほ、ばか、あんぽんたんの三重奏である。

河童は容易《ようい》には人に姿を見せない。そもそも大川にどれくらいの数の河童がいるかもわからない。

その中から、ユキを助けた河童を見つけ、ユキと会わせる段取りをつける。それがどれほど大変なことか。ちょっと考えたらわかりそうなものなのに。河童を呼び出す方法など、咲耶だって知らないのに。

「神さまと河童はつきあいがあるかどうかはわからないとは、いっておいたが」

おそらくつきあいは、ない。

「おユキちゃんに会わせてやりたいよなぁ」

　心の底から絞りだすように、宗高がつぶやく。その横顔を見て、咲耶はいつもながらほうっておけない気持ちになった。

「当たるよ当たるよ」という口上《こうじょう》と、娘たちの興奮した声が聞こえだしたのはそのときだ。向こうに納音占いの館が見えた。本日も長い列が続いている。

「評判の占いですよ」

　咲耶が宗高に伝えた次の瞬間、ふたりの口があんぐりとあいた。

　占いの館をのぞきこんでいた初老の女が呼びこみの男に背中をたたかれ、ふり返ったのだ。女はむっとして呼びこみの手を乱暴にふり払った。

「気安くさわりなさんな」

「ばあさん、占ってもらいたいなら、列に並んでくれ。冷やかしはお断りなんだよ、ばあさん」

「ばあさん、ばあさんって……私はおまえのばあさんではない」

　その声、その顔、その姿。姑《しゅうとめ》のキヨノだった。

　宗高は呆然《ぼうぜん》と立ちすくむ。

「なんで母上があんなところに」

「先日、花世さんが納音占いの話をしていたので、ご興味をもたれたんじゃ……」

「だからって、なんぼなんでも……」

キヨノは憮然《ぶぜん》とした顔で大股《おおまた》で去っていった。

帰宅すると、一足先に戻っていたキヨノにふたりは早々《そうそう》に呼び出された。

「私、敵情視察に行ってきました」

びしっと背筋を伸ばし、鼻息荒くいう。

「納音占いだかなんだか知らないけど、代金は銀一朱、特別鑑定は金二朱からってんですから、ぼったくりですよ。そんなものにおみくじが負けるわけにはいきません」

「母上、落ち着いてください。両国広小路で評判の占いのことですよね。それとおみくじを一緒にするってのは……。占いをしたい人もおります。それも世の中。別にいいじゃありませんか」

「別にいい？　それも世の中って。宗高、それでいいんですか。迷える人々をこの荒山神社で救おうって気にはならないんですか」

咲耶は目をしばたたいた。

呼びこみ男にばあさんといわれながら、キヨノがこんなたいそうなことを考えていたとは、見当《けんとう》もつかなかった。

「救うって。あの……どのように？」

「ですからおみくじです。荒山神社のおみくじは当たるという評判をあげるために、私、考えたんですよ」

それからキヨノはおみくじを十文（約二百円）に値上げして、おみくじの中に水引《みずひき》を二重叶《にじゆうかなえ》結びにしたお守りをおまけとしてつけるという考えを、滔々《とうとう》と述べだした。

ちなみに荒山神社のおみくじは今のところ四文（約八十円）である。

「小さな二重叶結びなら、財布に入れられるし、老若男女《ろうにやくなんによ》に喜ばれますよ。黄色の水引は家内安全、赤の水引は恋愛成就、白の水引は厄除《やくよ》けと、様々な水引も用意して……これが評判になれば」

くくとキヨノは笑いを嚙《か》みしめ、捕《と》らぬ狸《たぬき》のなんとやらで、算盤《そろばん》をはじいている。

とたんに、咲耶はいやな予感がした。

「その水引は……」

「咲耶さんが作るんですよ。心をこめて」

キヨノは得意げにしゃらっという。

「母上、おみくじは神さまの声を伝えるもので、金儲《もう》けのためのものではありません。ただ、お守りをおまけにつけるのはいい考えかもしれません。おみくじを目当てにでも、わが神社に来てくれる人が増えれば、神さまもきっとお喜びになるでしょうから」

「ようゆうた、宗高！」

「ただ咲耶はおみくじ作りで精いっぱいですので、水引作りをお願いできるのは父上と母上となりましょうか」

まさか、自分に仕事がまわってくるとは思わなかったキヨノの表情が凍りつく。

「おふたりがやってくださるなら、すぐにでもはじめたいものです」

宗高は咲耶を促《うなが》して茶の間を出た。

囲碁《いご》に夢中で、それ以外のことにはまったく興味がない舅の宗元が水引作りをするなんて、水が下から上に流れるくらいありえない。

キヨノだって、動かすのは口だけだ。

「母上は金儲けというと目の色が変わるからな」

「でも、おまけがあればおみくじを引くのがもっと楽しくなりそうですよね」

「誰か水引作りを頼める人がいればな」

ふたりは顔を見合わせて微笑みあった。

◇◆◇◆

宗高は河童とユキを会わせたいと頭を悩ませ続けている。

まずは河童の好物のキュウリを川に投げこんで餌付《えづ》けするといいだしたが、今はあいにくキュウリの季節ではない。

河童は相撲が好きだから、相撲取りに河岸で相撲をとってもらってはどうかとも考えた。だが相撲取りとのツテもコネもない。素人に頼んで、万が一、河童と取り組むことになったりしたら命に関わる。河童は相撲で負かした人の尻子玉《しりこだま》を抜くといわれているからだ。

というわけで宗高にできることといえば、「河童をどうぞここにお連れください。おユキちゃんに会わせてあげてください」と願い、祓串《はらえぐし》をふることだけだった。

捨て置くわけにもいかず、咲耶はその朝、占いに河童が来ていたといっていたミヤに会いに、長屋を訪ねた。

三吉はすでに手習所に出かけていて、ミヤはかいまきにくるまって昼寝、いや朝寝をしていた。

「よかった。占いの仕事に行く前に会えて」

「あ、あれ？　あれはもういいの」

ミヤは伸びをしながらいった。かいまきを素早く畳み、咲耶に座布団を勧《すす》める。

「いいのって、どうしたの？」

「やめたの」

「あんなに繁盛《はんじょう》してたのに？」

「繁盛したからよ。あたいんとこ、安いでしょ。よく当たるでしょ。評判が評判を呼んで、昨日なんか、押すな押すなの大行列。こっちは遊びでやってんのに、忙しすぎて冗談じゃない。その上、嫌がらせまでされてさ」

夕方、そろそろ店じまいをしようかと思っていたところに、くりからもんもんの彫《ほ》り物《もの》を入れたごろつき男が三人現われ、ミヤの机を蹴《け》飛《と》ばし、「いんちき占いやってんじゃねえよ」とすごんだという。

「ええっ！　で、どうなったの？」

「三吉のヤツが血相《けっそう》変えて飛び出してきて、あたいのこと、文栄堂の中にひきずりこんだの」

三吉の気持ちが咲耶には痛いほどわかった。男たちから引き離さなければ、ミヤは大立ち回りを演じていただろう。その先は考えたくない。

憤懣《ふんまん》やるかたないミヤはその後、猫の姿になり、男たちのあとを尾《つ》けた。

「あたいをやっつけようと三人を寄越《よこ》した相手をつきとめるためにね。その三人、どいつもこいつも頭はからっぽの使い走りだって、ひと目でわかったから」

男たちは、両国広小路の納音占いの館に入っていった。

「商売敵《がたき》のあたいをつぶしにかかったんだ。占い仕事に未練《みれん》はこれっぽちもないけど、占い館の連中は許さない」

ミヤの黒目が細くなる。こうなれば、もう誰もミヤをとめることはできない。

「くれぐれも正体《しょうたい》がばれないように気をつけてね」

「……で、咲耶さん、どうしたの？　店賃《たなちん》はためてないよね」

「実は、河童と会うにはどうしたらいいのか。知ってたら教えてほしく……」

「河童っ！　知らないわよ」

ミヤは咲耶の声をぴしゃりと遮った。

「河童のヤツ、あたいの占いが外れたって逆恨《さかうら》みしてるらしくてさ。ひきずりこまれたら大変だから川には近寄るななんていわれちゃって。行くなといわれると行きたくなるじゃない」

鼻の穴をふくらませてまくしたてる。

咲耶がひとこと注意しておこうと思っていたことを、ミヤは既に誰かから聞いて知っていた。その誰かなら河童とつなぎをつけてくれるかもしれない。

「河童の話、誰から聞いたの？」

「おマスさん」

マスは、ミヤがつとめる表長屋の居酒屋《マスや》の女将で、妖・けらけら女《おんな》である。人の姿で居酒屋を営《いとな》んでいるが、マスの本来の姿は、人を見るとケラケラ笑う美女の生首《なまくび》の妖だ。連日、マスやにはマスの笑顔を目当てに、男たちがつめかけている。

咲耶はさっそくマスに会いに行った。

「河童の話？　誰に聞いたんだっけ。確か……小豆洗《あずきあら》いの貞吉《さだきち》さんだ」

マスは頬に手をあて、しばらく考えていった。

「貞吉さんって？」

「ほら、《駿河湯《するがゆ》》で三助《さんすけ》やってる……」

丸い大きな目をした貞吉の顔が浮かんだ。駿河湯は馬喰町《ばくろちょう》にある湯屋だった。

その足で、咲耶は駿河湯に向かった。駿河湯は掃除が行き届いていると評判で、荒山神社のある横山町から通っている人も多い。

貞吉はふんどしに駿河湯の半纏《はんてん》をはおって出てきた。

「あっしに用がおありだとか」

河童について聞きたいというと、大きな目をすがめて咲耶を見てから、裏の釜《かま》焚《た》き場に案内した。

「河童の何を知りたいんですかい？」

「河童に会いたいという人がいて……」

「つまり、つなぎをつけてぇと……そいつぁあっしにはできねえ相談だ。河童とは、からきしつきあいがねえもんで」

「でも、河童がミヤのことを怒ってるって、貞吉さんが教えてくれたって」

「ああ、あれ。そこのお稲荷さんのお狐《きつね》さんがそういってたんでさぁ」

湯屋の前の長屋の中に、そのお稲荷さんはあった。

小豆洗いと河童以上に、お稲荷さんのお使いの狐と河童につきあいがあるとは思えなかったが、咲耶が尋ねると、狐は教えてくれたのは雀だと答えた。

「入内雀だよ。入内雀はなんでも知ってるんだ」

咲耶ははっとした。入内雀……金太郎の親しい友だちだ。

あわてて家にとって返し、咲耶は金太郎の前に座った。

入内雀に河童とのつなぎを頼みたいと咲耶がいうと、金太郎はぷいっと横を向いた。

「なんでやねん、なんで入内雀に河童とのつなぎを頼まにゃあかんねん。化け猫ミヤのためか？　あほくさ。あんなぁ、ミヤは入内雀をとって食おうとしたんやで。何があっても、ミヤのために動く気にはならへんがな。知らんけど」

「おユキちゃんという女の子のためなの」

咲耶がユキの話を持ちだすと、金太郎は目をきょろりとまわした。

「河童が助けたって女の子かいな。わざわざ河童にお礼をいいたいって……律儀《りちぎ》なえ子やなぁ。あかん、泣けてきた」

　その目からぽろろんと涙がこぼれる。

　金太郎は実は、壊れて捨てられてしまった相棒の熊のことが忘れられず、毎晩涙を流していた泣き虫で情に厚い付喪神《つくもがみ》なのだ。

「他の妖の誰も、河童と連絡がつけられなくて……頼れるのは金ちゃんと入内雀さんだけなの」

「……しゃあない。聞いたるわ」

　金太郎はにやりと笑って、胸をとんとたたいた。

◇◆◇◆

　十一月十五日。

　ユキは赤地に菊や桜、貝桶《かいおけ》や源氏車《げんじぐるま》が描かれた可愛《かわい》らしい振り袖を着て、両親に手を引かれてやってきた。とどこおりなく、七五三の祈禱が終わり、社務所で桜湯がふるまわれた。

　キヨノがユキの母サワをつかまえ、機嫌良く話しこんでいる。

咲耶はユキを手招きし、千歳飴《ちとせあめ》を渡すと、外に連れだした。

「お兄さんは？」

「次のご祈禱の準備があって、手が離せないの。ごめんね」

実際、この日は町中の七歳、五歳、三歳のご祈禱が朝から目白押《めじろお》しなのである。

「……約束したのに……」

ユキは目を落とした。

「あのね、あそこにおユキちゃんに会いたいって人が来ているの」

ユキがはっと顔をあげた。

鳥居のところに、若旦那風の男が立っていた。えらははっているが、細身の身体に藍の細縞《ほそじま》の着物に博多献上《はかたけんじょう》、藍の羽織で小粋に決めている。

ユキはまっすぐにその男に駆け寄っていく。

「河童さん？」

男はうなずいてユキにぱっと手を開いてみせた。指の間に水かきがついている。ユキは驚きの声をのみこみ、深々《ふかぶか》と頭をさげた。

「あたいを助けてくれてありがとうございました。そしてこれっ、お返しします」

　ユキは守り袋のような紫色の小さな袋を胸もとから出し、河童に手渡した。

「おユキちゃんが持ってたのか。おいらがおユキちゃんを岸に放り投げたときに首からかけていた紐《ひも》がちぎれたんだな。……これを返そうと、おいらを捜してくれたのかい」

　こくんとユキがうなずく。

「中を見たかい？」

　ううんとユキが首を横にふる。

「見せてやろう、河童の宝物だ」

　袋を逆さにしてふると、金、銀、青、赤……小さな光るものがいっぱい、水かきのある河童の手の平にこぼれおちた。

「きれい……これ、なぁに？」

「七宝《しっぽう》だよ」

　七宝とは金・銀・瑠璃《るり》・水晶・硨磲《しゃこ》・瑪瑙《めのう》・珊瑚《さんご》である。

「水の中で集めているんだ。ただ遊んでいるのも楽しいけど、何かを探して集めまわるってのはもっとおもしろいからね。この袋がいっぱいになったら、弁天さまに奉納《ほうのう》するんだ。弁天さまが喜ぶから。手を出してごらん」

河童は、赤い粒《つぶ》をひとつ、ユキの手の上に置いた。

「おユキちゃんはいい子だから、これをあげるよ」

「うわぁ。これ、なあに」

「珊瑚だ。珊瑚には災《わざわ》いを退《しりぞ》ける力があるから、おユキちゃんを守ってくれるよ」

「きれい……ユキの宝物にするね。大事にするね。ありがと、河童さん」

それから河童は咲耶に向き直った。

「咲耶さんもおいらを捜してくれたってね。おかげで捜し物が見つかった。おユキちゃんにももう一度会えたし。何か願いごとはないかい？　おいらにできることなら、ひとつ、願いをかなえてあげるよ」

「……ミヤを許してもらえませんか。決して悪気があったわけじゃないんです」

こんないい出会いの後で、口にするのははばかられる気もしたが、ミヤがずっと川など水のある場所を避けなくてはならないのはかわいそうだった。

河童はとたんに渋《しぶ》い顔になった。

「あのインチキ占いの化け猫か」

「……深く反省しているようですし」

河童はにやりと笑う。赤い口がのぞいた。

「百年たとうが、化け猫が反省なんぞするもんか。……だが今回ばかりは咲耶さんとおユキちゃんに免《めん》じてなかったことにしよう。だが、またおいらをこけにしたら、問答無用《もんどうむよう》で川底に引っぱりこむといっといてくれ」

河童はユキの頭をなでると、きびすを返した。

「夏になったら、大川にキュウリを流すから食べてね」

「楽しみに待ってるよ」

ふりむきはせず、片方の腕を高くあげて、河童は鳥居をくぐっていった。

「おユキちゃ〜ん」

ふりむくと、本殿から駆けてくる宗高の姿が見えた。ユキと咲耶のそばにやってくると、宗高はいきなり腰を折って深々と頭をさげた。

「ごめんよ！　河童を連れてこられなくて。でも、絶対に見つけて、おユキちゃんに会わせてあげるから」

宗高は無念《むねん》そうにいう。ユキは目をしばたたいた。

「おかしなお兄さん！　あたい、おかげで河童さんに会えたよ」

「えっ？」

「ほら、あそこに河童さんが」

鳥居の先を指さした。顔をあげた宗高の目に若い男の後ろ姿がうつる。男は通りに出ると右に曲がり、姿を消した。

「あれが……河童？」

「うん。河童さんだよ」

ユキが宗高の首に手をまわし、ぎゅっと抱きつく。へっと咲耶は驚き、小さく飛びのいた。

「約束を守ってくれてありがとう。おかげであたい、もう一度河童さんに会えた。会ってお礼をいって、預かり物を返せて……宝物までもらっちゃった」

ユキは手の平を開いて、小さな珊瑚を宗高に見せた。

夕飯には、七五三の赤飯とぶり大根、ほうれん草の胡麻和《ごまあ》えが並んだ。

あの後も祈禱は引きも切らず、宗高はいくつかの祝いの席に掛け持ちで顔を出さなくてはならず、ふたりきりになるのはユキに珊瑚を見せられて以来だ。

「河童が来てくれたとはな……だがほんとに河童だったのか」

宗高はずっとぶつぶつつぶやいている。

咲耶はあいまいに首をかしげた。

「おユキちゃんは確かに河童さんと呼んでましたけど」

通りすがりの旦那が晴れ着姿のおユキちゃんに声をかけたのだと、咲耶は用意していた話をさらりとする。

「でも、普通の人でしたよ。頭に皿ものっけてませんでしたし」

「……咲耶ぁ、河童が頭に皿をのっけたままで、町中にのこのこ出てくるわけないだろ。すぐに追いかけられて、見世物《みせもの》小屋に売られちまうじゃないか。だが、姿を変えるなんてことが河童にできるのか？　そもそも咲耶が河童だとわからなかったのに、なぜ、おユキちゃんは河童ってわかったんだ？」

宗高は矢継《やつ》ぎ早《ばや》にいった。

ユキが河童を見分けることができたのは、河童に助けられた記憶に加え、河童の宝物を持っていたからだろう。宗高の興奮は止まらない。

「川で助けられたときに、河童とおユキちゃん、何か通《かよ》うものができたのかもしれないなぁ。命の恩人だもの。いや、命の恩河童か⁉　それにしても、河童が七五三のその日に、現われるとはなぁ」

いちいち核心《かくしん》をついているのには感心するしかない。咲耶はにっこり微笑んだ。

「……宗高さんのご祈禱のおかげですよ」

また宗高が考えこむ。願いが通じ、河童が絶妙の間合いで現われたのか。そもそも神さまと河童は知り合いなのか。河童が人に化けられるなら、たまには江戸の町を散策なんぞしているのではあるまいか……などなど、考えを巡らせているのだろう。

「お赤飯のおかわり、いかがですか」

「うん。ごま塩たっぷりな」

金太郎の前にも、ごま塩たっぷりのお赤飯が供えられていた。

すべて金太郎が入内雀に河童とのつなぎをつけてくれたおかげだった。

◇◆◇◆

「おばさま、納音占いの館が大変なことになりましたの。占い師もみな、小伝馬《こでんま》町《ちょう》送りですって」

数日後、花世がキヨノのもとに駆けこんできた。占いの館に大がかりな手入れがあったのだ。

「はじめは諸式調掛《しょしきしらべがかり》が乗りこんだんですって」

諸色調掛は物価の不当な値上げを抑えるために設《もう》けられている役職で、商品を法外な値段で売った者などを取り締まっている。

「特別鑑定で一両、二両もとられた人が訴え出たらしいの。ところがそこに岡《おか》っ引《ぴ》きと同心が加わって……」

「どういうこと？」

「占いで知った秘密をばらすぞと何人もの女の人をゆすって、大金をまきあげていたんですって。諸式調掛が占い屋敷で調べていたら、脅《おど》しの内容、脅した相手の名前、日付、住まい、巻きあげた金額、脅しに行った者の名前までご丁寧に書いてある紙がひらひらと上から舞い降りてきたんですって。おおかた、その紙を屋根板にでもはさんで隠しておいたんでしょう。落ちてきたのが幸《さいわ》い、猫でもなければ気がつかなかっただろうって」

「脅されてひどい目にあった女たちの恨みがさせたことかもしれないねぇ」

重々しい声でキヨノがいう。

「ええ。きっとそうだって、もっぱらの評判ですわ」

証拠ばらまきは、女の恨みではなく、おそらくミヤの仕業《しわざ》である。

おみくじ作りは続いている。

その晩、できあがったおみくじを片づけていると、宗高がふとのぞきこんだ。

「咲耶の気持ちを歌にたとえるとしたらどれになる？」

「今の気持ちですか？」

歌のほとんどは、片思いや別れの歌だ。こんなに幸せでごめんなさいという歌を誰かが仮に詠《よ》んだとしても勝手にしろと片づけられ、秀歌としては残らないのだろう。

悩んだ末に咲耶は一枚のおみくじを手にとった。

『かくとだに　えやはいぶきの　さしも草　さしも知らじな　燃ゆる思ひを』

「私がこんなにもお慕いしていることをあなたに伝えたいのに、あなたは知らない。伊吹山《いぶきやま》のさしも草のように燃えあがっている私の思いを」というまっすぐな恋の歌だ。

宗高が目を細めて、咲耶に優しくうなずく。そして宗高も一枚、手にとった。

「私はこれかな」

『明けぬれば　暮るるものとは　知りながら　なほうらめしき　朝ぼらけかな』

こちらは「あなたと過ごした夜が明けていく。夜はまたすぐに来るとわかっているが、それでもこの夜明け前は恨めしい」という艶《つや》っぽい歌だった。

「おいで、咲耶」

宗高が咲耶の手を引くと、咲耶はするりと宗高に包まれた。

いつのまにか雨が降りだした。

日に日に夜が長くなっている。

第四話：狐《きつね》憑くもの怖いもの

◇◆◇◆

師走《しわす》（十二月）に入り、寒さに気合いが入ってきた。

毎朝、外に出ると土を持ちあげた霜柱《しもばしら》がしゃりしゃりと音をたてて崩れる。葉を落とした枝を渡る風は肌《はだ》をつきさすように冷たい。

神社にとって、師走は一年の中でもっとも忙しい月のひとつでもあった。

十三日の煤払《すすはら》いから始まり大晦日《おおみそか》の師走大祓《おおはらえ》まで、一年の穢《けがれ》を祓《はら》う様々な儀式が目白押《めじろお》しだ。

それでも常《つね》に変わらず、宗高《むねたか》はひょうひょうと日々を過ごしている。

ただ、宗高の一日の始まりは少しだけ早くなった。

近ごろは夜も明け切らぬうちから井戸端に出て、氷のような水をかぶる。寒さが厳しい朝は、宗高の身体《からだ》から白い湯気《ゆげ》が立ちのぼる。

それから本殿《ほんでん》から境内《けいだい》に至るまで宗高は一心に清める。

その誠実な姿には咲耶《さくや》も感動を覚えずにいられない。けれど咲耶は例によって、本日も式神《しきがみ》に掃除をまかせ、火鉢《ひばち》にかじりついていた。

自分だけラクをして申し訳ないという気もするが、寒いのだから仕方がないと自分を納得させている。拭《ふ》き掃除《そうじ》を済ませた雑巾《ぞうきん》がきれいな水の中で濯《すす》ぎを終えて物干し竿《ざお》にひるがえると、咲耶は「ご苦労さまでした」と手を合わせた。

「おはよぉうさんでございます」

間延《まの》びしたような男の声が聞こえたのはそのときだ。

「一条《いちじょう》咲耶はんのお住まいはこちらどっしゃろか」

咲耶の身体《からだ》がこわばった。

あれはまぎれもない京言葉。

咲耶の実母・豊菊《とよぎく》が知り合いの公家《くげ》が江戸に下向《げこう》するので、咲耶に何か言付《ことづ》けたといっていたのは二月《ふたつき》ほど前。街道沿いの素封家《そほうか》の家を訪ねつくし、ついにその公家が江戸に到着したに違いない。

「おはよぉさん……おかしなな。いてはりませんかぁ？」

「はぁい、ただ今」

入り口に立っていたのは、ひょうたんのような長い顔に、額《ひたい》や頬《ほお》にぽつぽつと赤いにきびを盛大に散らばせた二十過ぎの男だった。大きな風呂敷《ふろしき》包みを抱えている。

男は桜小路《さくらこうじ》家の家僕《かぼく》だと名乗った。桜小路家は、父・典明《のりあき》の遠縁《とおえん》にあたり、書の家である。

公家と一口に言っても、摂家《せっけ》、清華家《せいがけ》、大臣家《だいじんけ》、羽林家《うりんけ》、名家《めいか》、半家《はんけ》と、家格《かかく》がきちっと定《さだ》められていて、家柄によって昇進できる官職も決まっている。

ちなみに一条家は陰陽道《おんみょうどう》、桜小路家は書という特別な技術を持って朝廷に仕《つか》える半家。いわば平《ひら》の公家だ。

「お初にお目にかかります。豊菊さまに頼まれまして、おうかがいした次第で」

「それはそれは。お手間おかけして、えろうすんまへん」

男は相好《そうごう》を崩した。人懐《ひとなつ》っこい顔で咲耶を見つめる。

「ええもんでおますな。ひさしぶりに、外で京言葉聞きましたわ。江戸の言葉はきつうてきつうて、かないまへん」

「二月ほどかけて、こちらまできはりましたんどすな」

「へぇ。あちこちで休み休み……京から江戸は遠いさかい」

「遠路《えんろ》はるばるお越しいただいて……どうぞおあがりやす」

「お邪魔やないですか」

「いえいえご遠慮せんと」

「あてなんかにそんな気ぃつこてもろうて悪いし……」

「そんなこといわんでもろて、どうぞどうぞ……」

「よろしいんだすか」

「かましません」

「ほんまによろしいのでっか」

「ささ、早《はよ》う」

腹の探りあいをするような、のらりくらりつかみどころのない京風やりとりは咲耶にとってもひさしぶりだ。

やっと座敷にあがった男にお茶とせんべいを勧《すす》めると、男はゆっくり喉《のど》を潤し、うなずいた。

「えろうええお茶でございますな。それにしてても、さすがは一条家のお嬢さま、江戸でもこないにさっぱりしたところにお住まいで」

咲耶の頰がひくっとつり上がる。

一条家の娘なのにたいしたことのない家に住んでるんだね、それにしてはいいお茶を飲んでるじゃないか、だと？

男はどこ吹く風で湯呑《ゆの》みを茶托《ちゃたく》に戻した。

むっとした気持ちを顔に出すわけにはいかない。

少しでも気取《けど》られたら、男は京に戻ったとたん、一条家の娘はすっかり江戸の水に染まって本心を顔にあらわにしていたという噂《うわさ》がばらまかれかねない。

御所《ごしょ》が存在する京では、長きにわたり大きな争いが繰り返されてきた。権力者が交代するたびに、庶民《しょみん》にいたるまで人々はいやおうなく翻弄《ほんろう》された。

本音と建て前を使い分け、たやすく腹のうちを見せたりしないのが徳《とく》であり、角《かど》をたてずに本音を見せるのが良しとされるようになったのは、京の都が抱える歴史と無縁ではない。

江戸なら、ずけっといいあいケンカになることでも、京では、表向きはさらりと流すのが大人《おとな》とされる。

簡単に人をほめたりもしない。ほめているようにみせて落とし、へりくだっているようにみせて相手をへこませるというのも京の流儀だ。腸《はらわた》が煮えくりかえればかえるほど、平然とした顔で、真綿《まわた》で首を絞《し》めようとする。

若かろうが家僕だろうが油断は禁物だと、咲耶は口元だけで微笑んだ。

「で、豊菊さまからお預かりしましたんが……これでございます」

男は風呂敷包みを前に置き、結び目をほどこうとした。

咲耶は飛びつくようにして、男をとめた。

「待っておくれやす。風呂敷ごと、こっちゃに」

「風呂敷ごと？　風呂敷はうちの主《あるじ》のもんですがな」

「わかってますよ、そんなことは。風呂敷はすぐにお返ししますさかい。……ええでっか。そこから動かんとじっとしていておくれやす。すぐにもんてまいります」

男が目を丸くしているのにもかまわず、咲耶は風呂敷包みをひったくり、沓脱《くつぬ》ぎ石までひとっ飛びし、草履《ぞうり》をひっかけ、庭に飛び出した。

井戸端の縁台に風呂敷包みを置いて、胸に手をあて、息を整える。

豊菊からの届け物なのだ。何かしこんである。そうでないなんて考えられない。

以前送って寄越《よこ》した夫婦茶碗《めおとぢゃわん》には式札《しきふだ》がしこまれていた。

あのときはうっかりしていて、豊菊の息の吹きかかった式札が家中にばらまかれ、いまだにどこに何枚隠れているのかわからない。

今度はそうはさせない。

万が一にも式札が散らばらないようにと咲耶は風呂敷包みに結界をつくり、風呂敷の結び目をそろそろほどく。

立派な木箱が現われた。丹田《たんでん》に力をこめ、その蓋《ふた》を慎重にはずした。

式札は……なかった。

木箱に入っていたのは、一尺（約三十センチ）ほどの市松人形《いちまつにんぎょう》だった。

赤い着物に、おかっぱに髪を切りそろえてかわいらしい。が、どこか不気味《ぶきみ》だ。

と、その人形の口が動いた。

「帰ってきなはれ。戻ってきなはれ〜〜」

かわいらしい見た目に似合わぬ渋《しぶ》い声は、豊菊のそれだった。

「帰ってきなはれ〜〜〜」

声はどんどん大きくなる。

蓋をしめたと同時に声が消えた。

咲耶は憮然《ぶぜん》とした顔で木箱を風呂敷で包み直し、部屋に戻る。

「はんなりとした京言葉が聞こえたような。なんや、京に帰りたなったわ。いや、わしの空耳《そらみみ》やろか」

　男は顔をかしげている。

「はんなり？　空耳だすな。お疲れがでとるんやありまへんか」

　咲耶はぴしゃりといい、風呂敷包みを男の前に戻す。

「持って帰っておくれやす。ちょっとこみいった事情がありましてな、ここに置いとくわけにはいきまへんのや」

　だが男はきっぱりと首を横にふる。

「できしません。豊菊さまからは絶対に持って帰ってきてはあかんと念を押されとります」

「そういわんと……お頼いもうします」

「持って帰ったら、どんな目にあうかわかりまへん。かとう約束させられましたんですわ」

　男は大げさに身ぶるいして続ける。

「親の意見と茄子《なす》の花は千に一つも無駄はない、いいますやろ。おかあはんからの贈り物や、黙っておさめておくれやす」

　茄子の花に無駄花がないように、親が子どもにいう言葉にもひとつも無駄がなく、すべて子どもの役に立つことばかりだということわざを男は持ちだした。

この一言で、咲耶は男のことがすっかり嫌いになった。

ほぼ同い年の男にしたり顔でいわれたい言葉でもない。茄子の花にも実を結ばぬ花はきっとあるはずだ。

口を一文字に結んだ咲耶から目をそらし、男は風呂敷の結び目をほどき、しゅっと手元に引きよせる。

「ほな、わてとこの風呂敷だけ持って帰りますわ」

たたんだ風呂敷を胸元に入れた男は、あっと小さくつぶやき、風呂敷と入れ替わりに書状をとりだした。

「うっかり忘れてまうとこやった。……典明さまからの文《ふみ》だす」

「おとうはんからの？」

「へぇ。宮中でお目にかかりましたが、立派な方ですな。でもしきりに寂しいゆうてはられました。ほな、おやかまっさんどした」

男が帰るや、咲耶は文を開いた。

おおらかで力強さも感じさせる趣《おもむき》のある文字が並んでいる。

咲耶の胸に懐《なつ》かしさがあふれた。

父・典明は陰陽師《おんみょうじ》としてはなかず飛ばずだが、筆跡《ひっせき》の美しさには定評があり、宮中では書でも名をあげている。

元気でいるか。咲耶がいなくなり、京の家は火が消えたようだ。

母・豊菊は日夜忙しく動きまわっていて、家が落ち着かないのはあいかわらずだ。

思い切って京に戻ってこないか。

ざっと、こんな内容だった。筆跡は美しいが、文はからきしである。

だからこそなお、下手《へた》な文を読みながら、瓜実顔《うりざねがお》に、猫が目を細めたときのような目、少し大きめの口元の父の笑顔が目に浮かぶ。

何事にも鷹揚《おうよう》な父を寂しがらせていると思うと、咲耶の胸が痛かった。

◇◆◇◆

人形の木箱を水屋《みずや》の棚の上に置き、結界をはったのと同時に、宗高の声がした。

「咲耶、いいかい？　誰か来てたのかい？」

「ええ、ちょっと」

宗高の顔を見て、咲耶はざらついていた気持ちがほっとゆるむ。

「近所の人？」

「いえ、京からいらしたとかで、私も京の出だと聞いて少し京言葉で話したいって。でもすぐに帰られました」

気がとがめるが、宗高にすべてを伝えるわけにもいかない。

「そうか、よかったな。懐かしかっただろ、京言葉」

「まあ……」

「京は遠いから、咲耶は気安く実家に親の顔を見に行けるわけじゃない。すまないと思ってるよ」

「ううん、いいの。宗高さんさえいれば、私は」

これは咲耶の本心である。

宗高は咲耶に優しく微笑《ほほえ》み、小さな包みを差しだした。

「はい、これ。おトキさんが持ってきてくれたんだ」

「あら、いい匂い」

トキが営《いとな》む《十亀屋《とがめや》》の佃煮《つくだに》だ。

「おトキさん、お店が忙しい時刻にわざわざ……何かあったんですか」

トキは内密に相談したいことがあるといったという。だが、社務所《しゃむしょ》にはあいにく、人の話に聞き耳をたてるウメ、マツ、ツルがどんと構えていた。

家をのぞくと咲耶にも客があったため、トキはおひまなときに店を訪ねてくれないかとだけいって帰ったという。

「人前では口にしたくないことらしくてな」

「またおタカさんが何か……」

以前、トキは近所に住むタカからしつこい嫌がらせを受けていた。

三猿のおかげで息子からの文が見つかり、タカのかたくなに凝《こ》り固まっていた気持ちがほどけ、トキと和解したはずだったが、何かの拍子《ひょうし》にまたふたりがいがみあってしまったのだろうか。

「いや、店の常連のことらしいぜ」

「常連？」

「おせっかいなんだけど、といってた」

「おトキさん、面倒見がいいですものね」

三猿騒動以来、咲耶はよく十亀屋に通うようになり、ますますトキが好きになった。

おせっかい焼きだと自称しているが、トキは踏みこんではならないところには決して踏みこまない。だが、誰かが助けてやらなければことが収まらないとなれば、トキは損得《そんとく》抜きに出ていく。

そのため、長屋のみならず町内やお客たちに頼りにされ、相談を持ちこまれることも多いらしかった。

「やっかいなことかもしれんな」

「お得意の虫の知らせですか」

宗高がうなずく。宗高は自分の第六感《だいろっかん》に絶対の信頼を置いている。

「それなら早いほうがいいですね。お昼をすませたら十亀屋に行きませんか」

「じゃ、昼はひさしぶりにそばでもたぐるか」

「うれしい！」

咲耶はぽんと手を打ち、宗高と暮らす幸せを嚙《か》みしめた。あの人形のことはすっかり記憶の外である。

昼下がりの十亀屋の前には、子どもたちの笑い声がこだましていた。トキの子ども近所の子たちが独楽《こま》まわしに興《きょう》じている。

「こんにちは」

咲耶が声をかけると、トキは姉《あね》さんかぶりをはずしながら出てきた。

「わざわざすみません。ご足労《そくろう》かけちゃって。散らかってますけど、どうぞ中に入ってくださいな」

店の奥の小上がりで、トキはふたりに古びた座布団を勧《すす》めた。

小上がりの横に、佃煮を煮るかまどがあり、今は火を落としているが、熱々の大釜《おおがま》がかかっていて、ほんのり暖かい。

トキはすぐに本題に入った。

「習い事の帰りにお供の女中さんと店に立ち寄って、佃煮を買ってくれていたお侍《さむらい》の娘さんがいるんだけどね、……十日ほど前からぱたりと姿が見せなくなったんだよ」

この季節、風邪でもひいたのかと気になっていたという。

そして昨日、女中のミツがひとりで店にやってきた。

――ところでお嬢さん、お元気ですか。最近、お姿お見かけしないけど。

――まあ……。

――お元気なら安心した。どうぞよろしくいってくださいね。

――それがね、お嬢さん、ほんとはずっと寝こんでいるんですよ。ここだけの話なんだけど、お嬢さんに憑《つ》いちゃったみたいで、狐《きつね》が。

――狐⁉

――狐憑きよ。

――大変じゃないですか。

――ええ。どんどんひどくなっちゃって。薄《うす》っ気味《きみ》悪くって。家の中は火が消えたようだし、これからどうなっちゃうんだか……私がいったってこと、内緒にしてよ。

声をひそめてミツはこういった。

咲耶と宗高は顔を見合わせた。狐憑きとひとくちにいっても、実は千差万別《せんさばんべつ》だ。

手を丸め、こんと鳴いたり、黒目があらぬほうに動いたりするのは序《じょ》の口《くち》。ひどく人見知りになり、部屋に閉じこもり、家族以外には顔を見せないとか、犬の鳴き声が聞こえると怖がって布団をかぶって出てこないとか、その人が知るはずがない昔のことを滔々《とうとう》と口走ったり、油揚げや赤飯が食べたいと暴《あば》れるものもいる。

「宗高さん、なんとかできないかい？」

　宗高はあごに手をやった。

「娘さんに会ってみないとなんとも……」

「うちの氏子《うじこ》さんですか」

　トキは咲耶に首を横にふる。

「……住まいは久松町《ひさまつちょう》の小笠原《おがさわら》さまの先だって。名前は上柳《うえやなぎ》さま。お父上は勘《かん》定吟味役《じょうぎんみやく》だそうだよ」

　勘定吟味役は御家人《ごけにん》の中でも出世頭《しゅっせがしら》で、裃《かみしも》を着て勤務する裃組である。

「久松町の上柳……勘定吟味役……耳にしたことがあるような気がするが……」

　宗高が首をひねった。

「美人とまではいかないけど、かわいい顔をした娘さんなんだよ。狐憑きなんて気の毒でさ。狐なんかにとり憑かれたら、一生がだいなしだ。まだ十七なんだ。これからってときになんでこんなことに……」

　トキは世知《せち》に長《た》けた隠居を捕まえて、狐を落とすにはどうしたらいいか、聞いてみたという。

「それが……松葉《まつば》いぶししかないというんだもの」

咲耶は顔をしかめた。狐を落とすために「松葉いぶし」を使う行者《ぎょうじゃ》がいることは咲耶も知っている。

生の青い松葉に火をつけると、いやな臭いの煙《けむり》がもうもうと立ちのぼる。その煙で狐憑きとなった人をいぶし、狐を追い出すのだ。それで狐を落とすことができるのか、咲耶は見たことがないのでわからない。見たいとも思わない。松葉いぶしの煙にまかれ、命を落とすことも多いと聞いていた。

「宗高さんならそんな荒っぽいことをしなくても落とせるだろ」

「お祓《はら》いだけです、私にできるのは」

トキは笑顔になって膝《ひざ》をうった。

「じゃあ、やっておくれよ」

「力になりたいのは山々《やまやま》ですが……氏子さんならご機嫌うかがいに行くこともできましょうが、なんのおつきあいもないんじゃなぁ」

まったく面識のない神主《かんぬし》が、おたくの娘さん、狐憑きだそうですねと訪ねて行くわけにはいかなかった。ましてや女中に口止めしているほど、家人は娘の狐憑きをひた隠しにしているのだ。

「じれったいねぇ」

トキは不満げだったが、とりあえず様子見ということで、ふたりは十亀屋をあとにした。

◇◆◇◆

「なんとかならないかしら」

咲耶は宗高と並んで歩きながら、つぶやかずにはいられなかった。

狐は「稲荷神《いなりしん》の御使い」といわれ、知性と神通力《じんずうりき》、無垢《むく》な魂《たましい》を持つ眷属《けんぞく》であるとされている。

咲耶の祖母の蔦《つた》の葉《は》は中でも高位の狐だ。

思慮《しりょ》深く優しく、美しい蔦の葉は、祖父・安晴《やすはる》と出会い、惹《ひ》かれあい、永遠の命を捨て、一緒になった。

以前、咲耶は蔦の葉に、永遠の命を捨てることが怖くはなかったか、惜《お》しくはなかったかと聞いたことがある。

――何ものにも代《か》えがたい一瞬があると知ったら、恐れは消えるのよ。

蔦の葉は小さい咲耶を抱きしめながら、そういって微笑んだ。

あのときは蔦の葉が何をいっているのかわからなかった。

でも今なら蔦の葉の気持ちがわかるような気がする。

安晴を思う気持ちには終わりがないと思ったとき、蔦の葉は永遠を手放せたのではないだろうか。

清らかな蔦の葉。咲耶もその狐属の端っこにいる。

だが狐憑きの狐は、自らの欲のために動いたせいで、眷属からはじかれた狐だ。

とはいえ、霊力は持っている。

邪悪な狐に憑かれると、人の身体はたちまち衰えてしまう。心が食い尽くされれば、狐を落としても元には戻らない。

「なんとかしてやりたいが……」

「気の毒すぎますよね」

浜町堀《はまちょうぼり》にかかる緑橋《みどりばし》を渡ったときだった。

「さ・く・やっ」

突然名前を呼ばれ、咲耶はふりむいた。そこにいるはずのない人がいた。

「お義父《とう》さま！」

「父上！」

舅《しゆうと》の宗元《むねもと》が、ほいと手をあげる。

宗元は宗高が修行から帰ると早々《そうそう》に神主を引退し、囲碁三昧《いござんまい》の日々を送っている。この時刻は囲碁仲間の家に入り浸《びた》っていると決まっていた。

「お義父さま。おからだの具合でも……」

雪が降ろうが大風が吹こうが、キヨノに嫌《いや》みをいわれようが、何もかもふり切り、毎日囲碁のために出かけていく宗元が、なぜ、町をぶらぶら歩いているのか。

宗元は見るからに元気がない。

「今日は冷えるな。汁粉《しるこ》でも食べんか」

路地にひるがえる甘味処《かんみどころ》の幟《のぼり》を見て、宗元はあごをしゃくった。

三人で甘味屋に入るなんて初めてだった。

宗元が汁粉好きだとも思えない。キヨノは饅頭《まんじゆう》やつるし柿が大好物の甘党《あまとう》だが、宗元は酒好きの辛党《からとう》なのである。

店で腰をおろしてからも、宗元はため息ばかりついている。

隣の床几《しょうぎ》に腰をかけたばあさんたちが肘《ひじ》をつっつきながら宗元をちらちらと見ていた。若いころ神主よりも役者になったほうがよいといわれた宗元は、整った顔と姿のよさで、町の娘たちの羨望《せんぼう》を一身に集めていたという。

五十近くなった今も、顔立ちの良さは際《きわ》だっていて、憂《うれ》いを帯《お》びた表情には、ばあさんたちをざわめかせる渋《しぶ》い味わいがある。

宗元は汁粉が前に置かれても、匙《さじ》をとろうともしない。

重い沈黙に耐えかねて、咲耶が口を開いた。

「お義父さま、まさかここでお会いするとは。囲碁をなさっているとばかり……」

宗元はむむっとうなった。

「……よもやこんなことになろうとは」

低い声で重々《おもおも》しくいう。

「父上、せっかくの汁粉が冷《さ》めてしまいますよ」

「……咲耶、これも食べてくれ。甘いものが好きだろ。わしはお茶だけでいい」

宗元は仏頂面《ぶっちょうづら》で自分の汁粉を咲耶の前に押しやった。思わず、咲耶の頬がゆるんだ。

「いいんですか？　ここのお汁粉、おいしいんですよ」

「ああ……」

「じゃあ、遠慮なく」

熱々《あつあつ》の汁粉を口に含むと、咲耶の顔に微笑が広がった。もう匙が止まらない。中に入っていた小さな焼き餅《もち》を口にふくんだときだった。

「何かあったんですか」

宗高が聞いた。宗元はひときわ大きなため息をついた。

「わからん。あったんだろうと思う」

「ですから何が」

「朝から盤を囲んでおったのに突然、離れに嫁《よめ》がばたばたっと走ってきて、今日はお帰りください、今すぐお帰りください、と、こうだ」

宗元の囲碁仲間は五人。

小うるさいキヨノがいる上、氏子が目を光らせている神社では落ち着かないため、宗元以外の四人の家が持ちまわりになって、毎日、握り飯持参で朝から日暮れまで囲碁を打っている。

「いつもはおとなしくて優しげな嫁が、とにかく帰っていただきます！　と金切《かなき》り声で叫《さけ》びおったのには、たまげた。目が血走《ちばし》っておった。仕方なく帰り支度《じたく》をしていたとき、母屋《おもや》の座敷から、悲鳴のような叫び声も聞こえてな。狐とかなんだとかいっておったような……」

咲耶と宗高が顔を見合わせる。もしかしてトキが言っていた娘ではないか。

「どなたのお宅ですか？」

「久松町の先の、上《うえ》ちゃんちだよ」

「上ちゃん？」

「勘定吟味役の上柳。もっとも上ちゃんは隠居して、出仕《しゅっし》しているのはあとを継《つ》いだ息子だがな」

どんぴしゃである。

「父上、実は今、その上柳家の話を聞いたばかりで……」

宗高は宗元に顔を寄せると、トキから聞いた話を語って聞かせた。

みるみる宗元の眉《まゆ》の間の皺《しわ》が深くなる。

「上ちゃんの嫁が狐憑きとは。なるほど、そういわれれば人相《にんそう》が変わっておった」

「父上、狐が憑いたのは嫁さんじゃなくて、孫娘です」

「お嫁さんは娘さんの尋常でない様子に動転《どうてん》なさったんだと思いますよ」

そうなのかと宗元が首をかしげる。

「孫娘が狐憑きとは……気の毒になぁ。となると、上ちゃんちにはしばらく集まれんな」

「そりゃそうでしょう」

宗元をいなすように、宗高はいった。

狐憑きなのだ。隠居の囲碁どころの話ではない。

だが宗元は諦《あきら》めきれない様子でまたぶつぶつとつぶやく。

「まあ場所は他の家でなんとかなるが、上ちゃんは当分、来られないよな」

「息子さんは出仕してるんですから、昼間、お嫁さんの力になれるのはご隠居の上柳さまだけでしょう」

「お孫さんが心配で囲碁を打ちに出かけてなんかいられないと思いますよ」

宗高と咲耶が口々に宗元をいさめる。

「まいったなぁ。いや、まいった。なんとかならんか、宗高。ご祈禱《きとう》でちゃちゃっと狐を追っ払うとか」

宗高が修行から帰ってくるまでは宗元が神主をしていたのだが、自分が祈祷を行なうとは思いもよらないらしい。

「そう気安くいわれても……こちらからしゃしゃり出ていくようなこともできませんし」

宗元は首の後ろに手をやり、また長いため息をついた。

◇◆◇◆

だが帰宅してまもなく、その上柳市左衛門《いちざえもん》と嫁が荒山神社を訪ねてきた。

「お初《はつ》にお目にかかります。上柳市左衛門と申します。こちらは嫁の香苗《かなえ》でござる。お父上とは囲碁仲間で、長く親しくさせていただいておりますが、本日は折り入ってお願いしたいことがござって……」

社務所に案内された市左衛門は、宗高に折り目正しく深々《ふかぶか》と頭をさげた。

咲耶が上柳の来訪を伝えると、宗元は囲碁仲間の一大事《いちだいじ》だとばかり、いそいそと顔を出した。

市左衛門は苦しい表情で、孫娘の琴音《ことね》が狐憑きになったと打ち明けた。市左衛門に促され、嫁の早苗が続ける。

「おかしいと思ったのは十日ほど前のことでございました。お茶の稽古《けいこ》から帰宅しますと、寒いといって食事もとらず布団に入り、寝こんでしまったのでございます。翌日は熱もないのに、頭が痛いと床《とこ》から起きあがらず……それからどんどん様子が変わってきて……」

背中を丸めて座る。握った手で顔を洗うような仕草《しぐさ》をする。

目を見開いて天井を凝視《ぎょうし》する。

ぴょんぴょんと飛び跳《は》ねながら厠《かわや》に行く。油揚げを食べたがる。

夜、突然庭に飛びだし、月に向かって、こんこんと鳴く。

「十日前の帰り道に琴音が柳の下で突然うずくまったと女中がいっておりました。そのときにとり憑かれたのではないかと」

本日は、目を血走らせて「我は狐なり！　油揚げを出せ！」といいだし、取り押さえられるまで大立ち回りをしたという。

「湯呑みや皿など手当たり次第に投げて、唐紙《からかみ》もやぶれるありさまで……。その後は気を失ったように倒れてしまって……医者も、狐憑きに間違いないと匙を投げてしまいました」

「気に病《や》んでいることがあるとか、何か狐憑きになるようなそぶりはありませんでしたか」

「ござらぬ」

市左衛門はきっぱりと言い切った。

琴音は十七歳で器量《きりよう》もまあまあ。お茶やお花の習い事など嫁入り修行の真っ最中で、縁談も舞いこんでいる。徳太郎《とくたろう》という兄がひとりいて、こちらはすでに見習いとして出仕していた。

「お父上のおっしゃるとおり、狐に魅入《みい》られるなど、晴天の霹靂《へきれき》でして……ただ近所の神社に祈禱を頼めば噂が広まりかねず、琴音の将来にもかかわりますので……お父上のお仲間の宗元さまの息子さまならと、まかりこした次第でございます」

香苗は浅黒くどことなく野暮《やぼ》ったい顔をしているが、言葉や仕草に武家の女としてのたしなみが感じられた。

「ことは急ぐ。宗高、今すぐに行ってさしあげなさい」

宗元に追い立てられ、宗高と咲耶は久松町に向かった。

夕闇《ゆうやみ》が迫《せま》っていた。

上柳家の門をくぐると手入れのされた庭が広がっていた。

立派な松の枝が黒々《くろぐろ》と影を落としている。築山《つきやま》の小さな木々にまで雪囲いがされている。御家人ながら、手のかかった庭だった。

屋敷の中もきれいに磨《みが》きあげられ、玄関に飾られた壺《つぼ》や床の間の掛け軸《じく》にも趣があり、豊かな暮らしをしていることがわかる。

すでに父親の幸之助《こうのすけ》と兄の徳太郎も帰宅していた。

琴音は奥の自室にこもっていた。

「……ちょっとお待ちください」

準備を整える宗高と咲耶を残し、香苗がひとり琴音の部屋の中に入っていく。

――いや。お祓いなんていや。

――あなたのためなんだから。お願いだから了簡《りょうけん》して。

――いやといったらいやよ！

ぎゃあっという叫び声、ばたばたと何かが転がりぶつかる激しい音が、中から聞こえた。幸之助と徳太郎が血相を変えて中に入っていく。

――落ち着け。母上に乱暴するな。

——しっかりしなさい。琴音はそんな娘じゃないはずだ。

しばらくしてようやく静かになり、香苗がふすまをあけた。香苗の髷《まげ》が崩れている。

「どうぞ、お願いいたします」

塩を盛った皿、水と酒を入れた湯呑みを部屋の前におき、烏帽子《えぼし》をかぶり、狩衣《かりぎぬ》姿となった宗高、額当《ひたいあて》をつけ、神楽鈴《かぐらすず》を持った咲耶が中に入った。

琴音は奥の隅にうずくまり、狐のように背中を丸くして、胸の前で両手首を折っている。

唐紙は破れ、壁にはひっかいたような跡が無数についていた。

ほほには涙のあとが幾筋もついている。髪も乱れ、肩で息をしていた。

宗高の祝詞《のりと》がはじまった。琴音はおびえたように宗高をにらんだ。

祝詞が進むにつれ、琴音は胸をかきむしり、苦しげな表情になった。野獣のようなうなり声が琴音の口からもれでる。

咲耶は渾身《こんしん》の力をこめて神楽鈴をふった。

祈禱が終わると同時に、琴音はばたんと前かがみに倒れた。

「琴音！　しっかりしろ」

徳太郎が駆け寄って琴音を抱き起こす。

「しばらく寝《ね》かせてあげてください」

徳太郎は琴音を抱きかかえ、敷かれていた布団に寝かせた。

「狐は……落ちたのでござるか」

父の幸之助が宗高に尋ねた。

「狐はしぶといといわれます。一回で離れてくれるかどうか……しばらく様子を見たほうがよろしいでしょう」

「どうぞ、宗高さん、あちらで一献《いっこん》、おつきあいくだされ」

男たちが座敷に移る。酒の支度を女中のミツにまかせ、香苗は琴音の枕元に座り、その寝顔を見つめた。

「これで元に戻ってくれたらいいんですけれど……なんでこんなことに」

香苗はそうつぶやきながら、琴音の頭をそっとなでる。

座敷から幸之助が呼ぶ声がして、香苗は腰を浮かした。

「どうぞ、ご新造《しんぞう》さまはあちらにいらしてください。私はもうちょっとここにおりますので」

咲耶が促すと、香苗は固く目をつぶっている琴音にもう一度目をやり、お願いしますと頭をさげて部屋から出ていった。

日が落ちて、部屋の中には闇だまりができていた。

やがて琴音は薄目を開き、咲耶をちらと見て、また目をつむった。

◇◆◇◆

翌日の夕方、囲碁から帰った宗元が、わざわざ宗高と咲耶の別宅を訪ねてきた。

「上ちゃんの孫、おとなしくなったそうだ。さすがわしの息子だと喜ばれて。わしの面目《めんぼく》も立ったというものだ」

「上ちゃんちは囲碁仲間にとって極楽でな。昼餉《ひるげ》のときには、漬け物と熱々の味《み》噌汁《そしる》を出してくれる。お茶菓子も気が利《き》いている。火鉢の炭もいつもかんかん熾《お》きていてな。嫁の香苗さんがいいから」

漬け物と味噌汁と火鉢を極楽にたとえるのは、神職《しんしょく》に就いていた者としていかがなものかと思わぬでもないが、とにかく宗高も咲耶もほっとした。

だがそれから三日後の夜、上柳家の下男《げなん》が荒山神社に息せき切ってやってきた。

「今すぐ、おいでいただけやせんでしょうか。駕籠《かご》を鳥居の前に二挺《ちょう》待たせとります。お嬢さんがまた具合が悪くなってしまいやして……ご祈禱をお願いします」

宗高と咲耶は急いで支度をして、飛び出た。

「明日はぼっちゃまの大事な日だというに……」

初老の下男はふたりの荷物をかつぎ、駕籠の横を走りながら、何度も何度もつぶやいた。

上柳家の玄関に入ったとたん、咲耶は異変を感じた。

ざわざわと何ものかがうごめいている。

挨拶《あいさつ》もそこそこに琴音の部屋に急行すると、琴音は布団に横になっていた。身体全体が一本の棒に見える。

頭のてっぺんから足のつま先まで一直線にピンと伸ばし、目を見開き、天井を見つめている。みじろぎもしない。まばたきもしない。

宗高と咲耶は祈禱の準備をした。

部屋の中には行灯《あんどん》が置かれ、二人の後ろに両親、兄、祖父が座った。

聞こえるのは、じじじっと行灯の芯《しん》が燃える音だけだ。

咲耶が神楽鈴を手にした。

そのとき、琴音の首だけがくるりと動き、咲耶を見据えた。

「おまえは何者だ？　人だが狐でもある？」

きんきんとかん高い声が琴音の口から飛びでた。とり憑いた狐は、咲耶の中に白狐《びゃっこ》の祖母・蔦の葉の血が流れていることを感じとったのだ。

声の響きの中に怒りの棘《とげ》が含まれている。眷属から追い出した狐への恨みがどっと咲耶にぶつかってきた。咲耶は唇《くちびる》を噛み、それを無言で跳ね返す。

「咲耶、声が変だぞ」

烏帽子を直していた宗高がふりむく。

咲耶は自分ではないと胸の前で手を横にふり、琴音を指さした。宗高の口がぽかんとあいた。

きつねの声なのかぁ？

そぉー。

口の形だけで伝えあう。

宗高は唇を引きしめ、うむとうなずいた。

　すると宗高は琴音に向き直り、背筋を伸ばし、両手を合わせた。

「お狐さん、これからお祓いをします。お祓いの前に琴音さんを手放してあげてもらえませんか。そうでないと、琴音さんもお狐さんも両方が苦しい思いをします。どうぞ、琴音さんから出て行ってください」

　この狐とは話ができると思ったからなのか、宗高は律儀《りちぎ》に狐の説得をはじめた。諭《さと》されて離れるような話のわかる狐なら、人にとり憑くはずがないのに。

「娘が私を求めている。離れることはできぬ」

　琴音はあざけるようにいうと、ぴょんと立ちあがった。

　両手を胸の前にそろえ、両足でぴょんぴょん跳ねはじめた。

「どうした琴音」

　琴音はそういった兄・徳太郎の前でぴたりと動きをとめた。

　徳太郎をにらみつけたと思うや、目がつり上がり、口が裂《さ》けた。

　みるみる狐のお面のような顔に変わった。

　目が真《ま》っ赤《か》だ。

「こ、琴音……」

　徳太郎、香苗、父、祖父の目がこぼれんばかりに見開かれ、のけぞり、あわあわと口を震わせた。

最初に我に返ったのは咲耶だった。咲耶は琴音の両肩を手でつかんだ。

「琴音さん、しっかりして。琴音さん！」

だが狐の力は想像以上だった。

琴音は乱暴に咲耶をふり払い、床にたたきつけた。

「いっ、痛《いた》っ」

「咲耶、大丈夫かっ！」

宗高の声で咲耶ははっと気がついた。一瞬、気が飛んだらしい。その目に、琴音ともみあっている宗高の姿が飛びこんできた。

「琴音さん、しっかりしてください。狐に負けてはいけない」

もみあいながらも、宗高はあいもかわらず言葉を重ねている。

長い修行期間に武道の腕も身につけている宗高だが、琴音と力は拮抗《きっこう》していた。いや、琴音のほうが勝《まさ》っていた。

やがて琴音が宗高の襟元《えりもと》をとり、首を絞《し》めにかかった。徳太郎と幸之助が宗高の加勢にまわり、琴音を引きはなそうとする。香苗は目に涙を浮かべ、琴音の名をつぶやきつづけている。

咲耶は陰陽道の呪文を唱《とな》えはじめた。

『青龍《せいりゅう》・白虎《びゃっこ》・朱雀《すざく》・玄武《げんぶ》・勾陳《こうちん》・帝台《ていたい》・文王《ぶんおう》・三台《さんたい》・玉女《ぎょくにょ》』

続いて刀に見立てた人差し指と中指の二本で格子《こうし》を描く。

琴音の首がまわり、咲耶をにらみつける。

――そうはさせぬ。

頭の中で狐の声がわんわんと響きわたる。息が苦しい。まるで狐に首を絞められているようだ。

咲耶は唇を噛んだ。

負けられない。邪悪な狐なんかに。

「即座に魔物よ立ち去れ。神の軍団がここを取り囲んでいる」

咲耶が必死でつぶやくと、首を絞めていた力がすっと消え、琴音の目がくるりと白くなった。

「琴音！」

香苗の悲鳴が響き渡る。宗高の襟ぐりをつかんでいた手が離れ、琴音はくたくたと崩れ落ちた。琴音は気を失っていた。

とり憑いた狐は消えたと思われたが、琴音の顔は狐のままだ。これが狐の爪痕《つめあと》かと、咲耶もぞっとした。狐は身体も心もむしばんでいく。

一刻も早く祈禱を行ない、琴音を清めなければならなかった。

兄の徳太郎が琴音を抱きかかえ、布団に寝かせた。本来は仲のいい兄妹なのだろう。徳太郎の顔はそれとわかるほど青ざめている。

床のまわりに家族全員が並び、心配そうに琴音を見つめる。

宗高の祝詞がはじまった。

やがて咲耶が神楽鈴をふると、しゃらしゃらと清らかな鈴の音が屋敷中に響き渡った。狐の顔が徐々に消えていく。

誰がもらしたのか、ほ〜っと声にならないため息が聞こえた。

祈禱が終わるころには、琴音は元の顔に戻っていた。

宗高は上柳家の面々を見まわした。

「みなさまの願いが届いたようです」

「狐は落ちたんですね」

琴音の顔をのぞきこんだ香苗の目から、ぽたぽたと涙がこぼれ落ちた。

ゆっくり琴音が目を開いた。まぶしそうに香苗の顔を見つめる。目の光に邪気は残っていない。香苗は琴音の手を握り、いとおしげにさすった。

幸之助が宗高を見上げた。

「宗高さん、祓った狐はどこにいったのでござろうか」

「あいにく、捕らえることはできませんでした。心が弱い者がいれば再び憑こうとするやもしれず、用心しなくてはなりません」

宗高は珍しく厳しい表情でいった。

帰り際、ふたりを見送りに門まで出た香苗は、咲耶に頼みたいことがあると、切り出した。

明日、徳太郎の納采《のうさい》があり、先方に出かけるという。納采は縁談がまとまり、男の親が女の親に挨拶にいく儀式だ。

「納采？　それじゃ、徳太郎さん、ご祝言《しゅうげん》なんですか」

「やっと身をかためる気になってくれまして」

「それはおめでとうございます」

「ですが今日の明日ですので、琴音をひとりにするのは心配で……」

そのとき、咲耶の胸に声が蘇《よみがえ》った。陰陽師の呪文を唱えたときに聞こえた声だ。

――そうはさせぬ。

――兄上をとられるくらいなら。

琴音の心がそう叫んでいた。

「女中のミツだけでは心もとなくて、咲耶さんについていただけたら心強いのですが」

「わかりました。私でお役に立ちますなら。では明朝五つ（午前八時）にまいります」

「助かります」

香苗は胸に手を置いて、小さく息をはいた。顔はこわばったままだ。

琴音を苦しめているのは、徳太郎の祝言の相手にかかわることだ。

香苗はそのことに実は気づいている。

◇◆◇◆

翌朝、咲耶はひとり上柳家に向かった。

琴音は咲耶に挨拶をすると、部屋に戻っていった。

「身体が本調子ではないので、横になっております」

そういって、部屋のふすまを固く閉めている。

ひとつ部屋を隔《へだ》てた茶の間に咲耶が座っていると、女中がお茶とせんべいを山盛りにした鉢を持ってきた。

「やっぱり、お嬢さん、ご機嫌斜《なな》めですよね……狐憑きで苦しんで、その翌日が徳太郎さんの納采ですものねぇ」

トキに琴音が狐憑きだと打ち明けた女中ミツだ。ミツは思わせぶりに続ける。

「……徳太郎さんのお相手、お嬢さんと手習所《てならいどころ》で一緒だったんです。小普請組《こぶしんぐみ》の娘さんでね……」

「幼なじみなんですか？　まぁ奇遇《きぐう》ですこと」

「すっごい美人なんですよ。徳太郎さんが一目惚《ひとめぼ》れして。家は小普請組で貧乏らしいんだけど、徳太郎さんたらお玉《たま》さんじゃなきゃ、いやだってご両親を説得して。……そこまでしてもらったら女も本望《ほんもう》ですよねぇ」

聞いてもいないのに、徳太郎の相手は小網町《こあみちょう》の先、稲荷堀《いなりぼり》の近くに住む宇田《うだ》川邦太朗《がわくにたろう》の娘・玉だといい、自分は二十歳《はたち》で鍛冶《かじ》職人と夫婦《めおと》になったが、酒と博打《ばくち》で家は火の車、愛想《あいそ》をつかして三年で夫婦別れしたとミツのおしゃべりは続いた。

昼四つ（午前十時）前、香苗と幸之助が帰ってきた。

琴音は具合が悪いといい、あいかわらず部屋にこもったままだった。

その三日後のことだった。

小網町のキヨノの知り合いに届け物をすませ、咲耶が鎧《よろい》の渡《わた》しまで戻ってきたとき「お玉ちゃん」という若い娘の声が聞こえた。

茶屋で娘がふたり、団子《だんご》を食べていた。そのひとりは、まるでひな人形のような美しさだった。水に何度もくぐらせ、柄もぼけたような藍《あい》の絣《かすり》を着ているが、目をひかずにはおけない。

若い男はもちろん、通りすがりの年寄りも女も、その娘に目が釘《くぎ》づけだ。

もしかしたら、この娘が徳太郎のいいなずけの玉ではないかと思った咲耶は、茶屋に入り、娘たちのすぐそばに座った。

「納采も済んで、あとは嫁入りするだけね。おめでと」

「ありがとう」

「うれしそうな顔をなさいな。徳太郎さん、お玉ちゃんにぞっこんなんでしょ」

玉はうなずいたものの、ちょっと困った顔をしている。

「やっぱり琴音さんのこと、気になってるの？　琴音さん、手習所のころ、ほんと意地が悪かったものね。自分んちが許組だってこと鼻にかけて。……いじめた相手がお兄さまの嫁になるとは思いもつかなかったでしょうね。もしかして、琴音さんが怖い小姑《こじゅうと》になるって、心配しているの」

玉はううんと首を横にふる。

「小さいころの話だもの。ただ……」

「ただ？」

「仲良くできるかな。徳太郎さんにとってはかわいい妹でしょ。琴音さんと私がぎくしゃくしたら、いやだろうなって」

茶屋から出ると、咲耶は日本橋川《にほんばしがわ》のほとりで、目を閉じて大きく深呼吸した。

琴音が狐憑きになってしまったのは、いじめた玉が大好きな兄の嫁になると決まったからだ。

最初にお祓いをしたとき、咲耶は琴音に狐は憑いていないような気がした。自分に縁談がこなくなっても、兄を傷つける羽目《はめ》になっても、絶対に徳太郎と玉の縁談をぶち壊さなければならないと琴音は狐憑きを装《よそお》ったのだろう。

そして琴音は本当の狐につかまった。

あの狐は手強《てごわ》い。いつ何時《なんどき》、再び琴音にとり憑いてもおかしくない。

咲耶が村松町に向かったのは、無性《むしょう》にトキに会いたくなったからだった。

人情に厚いトキの笑顔が見たかった。

「いらっしゃいまし」

驚いたことに、店番をしていたのはあのタカだった。

佃煮にアブラムシが入っていたとか、子どもの声がうるさいと、店に怒鳴《どな》りこんで大立ち回りを演じていたタカが、姉《ねえ》さんかぶりをして客の相手をしている。

以前の鬱屈《うっくつ》していた表情は消え、活き活きと笑っている。

「おタカさん、なんでまた……」

咲耶が目を丸くすると、鍋《なべ》の番をしていたトキがお玉を持って出てきた。

「おしかけ手伝いをしているんだよ」

「だって退屈で……」

「思ったより客あしらいがうまいのにはたまげたけど」

タカがうふふと笑った。笑いじわがいっぱいだ。

「あたしはやればできる女なんですよ。商売は年季《ねんき》が入ってるし」

年はタカが十歳以上も上だが、ふたりは案外《あんがい》馬が合うようで、これには咲耶も驚くしかない。

「狐、落ちたってね。宗高さんのご祈禱で」

女中のミツが早くもご注進《ちゅうしん》に及んでいたらしく、トキは咲耶の耳元でささやく。

「ええ。なんとか」

トキは咲耶を小上がりに招き入れた。

「よかったよ、琴音さん、今からだもの。人生、七転《ななころ》び八起《やお》きってね。生きていりゃ、なんとかなるから。一度もつまずかない人なんていないんだから」

そういってトキは「いらっしゃいまし」と店先で声をあげているタカに目をやった。

「それにしてもどうしてこういうことに？　この間、来たときにはおタカさん、お店にいなかったのに」

「いたよ。あんときは、ちょうど買い物に行ってもらっててね。醬油が切れかかってたから」

「どうだか」

それからトキはちょっと声を潜めた。

「あの後、おタカさん、ばつが悪いのかずっと家に引っこんでいたんだよ」

それも道理だ。あれほどトキに、悪態をついていたのだ。

息子からの手紙を読み、改心し、トキに謝ったからといって、自分がしでかしたことをなかったことにはできず、タカはトキに合わせる顔がないと考えたのだろう。

しばらくの間、タカの家はしんと静まりかえって、そこだけ世の中から置きざりにされたようだったという。

「見てらんなくてさ。お茶飲みにこないかって誘いに行ったんだよ」

タカは、「結構です」と断った。だが、それで引っこむトキではない。

トキは暇《ひま》を見つけては毎日、タカの家を訪ねた。

「あの人もとんだ石頭《いしあたま》でさ。私のことなんかどうぞ、ほうっておいてください、迷惑をかけた家にのこのこ押しかけていくわけにはいきませんなんて、世をすねたみたいなことばかりいって。自分がしでかしたことを誰より自分が気にしちまってんのさ。あたしも頭にきちまって、つべこべいわずに、とにかくうちでお茶をお飲みよと、手をつかんで引っぱってきちまったんだよ」

その日を境《さかい》に、迎えに行くとタカはぐずぐずいいつつも、トキの店に来るようになり、気がつくと勝手に入ってきてお茶を飲むようになり、いつしか入り浸りとなり、手伝いをするようになっていた。

「今じゃ、毎朝六つ半（午前七時）にはうちにきて店番してんの。……貸本屋《かしほん》のおかみだったから学があるんだよ。子どもたちに忠太郎《ちゆうたろう》さんの本を読んでくれたり、字や算盤《そろばん》も教えてくれたりして。子ども嫌いだと思ってたけど、そうじゃなかったんだね」

あるとき、トキが「そうやって幼いころからおタカさんが学問を教えたから、忠太郎さんは出来物《できぶつ》に育ったんだね」というと、タカは目を押さえて泣いた。

「うちの店で身体を動かし、お客の相手をしてもらうのが、今のところいちばんいいと思ってさ」

昼ご飯と、夕餉《ゆうげ》のおかずが給金代わりだと、トキは苦笑した。

荒山神社に戻ると、注連縄《しめなわ》作りの真っ最中だった。

前日、早朝から氏子たちが集まり、選《よ》りすぐった稲藁《いねわら》を石や木づちでたたき、お湯をかけて柔らかくした。

そうして一日干した藁で本日は縄をよっている。

二束《ふたたば》の藁に、それぞれよりをかけて互《たが》い違《ちが》いに交差させて、直径二寸（約六センチ）の縄にもじっていく。この縄を三本作り、さらに一本にまとめれば、本殿《ほんでん》の前にさげる注連縄の完成だ。

十三日の煤払い後に古い注連縄をはずし、この注連縄に張り替える。

注連縄作りに汗を流してくれた氏子たちが赤飯と漬け物を平《たい》らげ、三々五々《さんさんごご》帰っていくと、やっと咲耶と宗高はふたりになった。

「ひとつひとつ新年を迎える準備が済んでいくな」

「氏子のみなさんも一生懸命やってくださって」

「注連縄作りをしながら、今年もいろいろあったけど、いい年だったなって思ったよ。まだちょっと早いがな」

タカが十亀屋の店番をしていたというと、宗高は仰天《ぎょうてん》した。

「おタカさんがおトキさんの店を？　夜叉《やしゃ》のような顔で毒づいていたのに。……人は変わるというがそれにしても……すげえなおトキさん」

「びっくりしますよ。お客さんの評判も上々《じょうじょう》だっていうんですから」

トキがタカを引っぱりだした件では、宗高は噴きだした。それから宗高は腕を組み、ぽろりといった。

「おトキさんに倣《なら》って、餅つきには琴音さんを誘ってみるか？」

「琴音さんを？」

「なんか気になってな。あのままじゃまた妖に魅入られそうだ」

咲耶は思い切って玉のことを打ち明けた。宗高はしばらく考えこみ、それから咲耶に耳打ちした。

◇◆◇◆

餅つきの日の早朝、揃《ぞろ》いのはっぴを着た氏子たちが本殿の前にずらりと並んだ。

宗高が祝詞を奏上《そうじょう》し終えると、氏子たちは整然と一礼して、準備にとりかかった。

かまどにせいろをかけ、十六貫（約六十キロ）の餅米を次々に蒸《む》していく。椎《しい》の木で作った縦杵《たてきね》で氏子たちが順番に餅をつき、本殿に供《そな》える大きな鏡餅《かがみもち》と、氏子の家の神棚に飾る小さな鏡餅をたくさん作る。

それが終わると、振る舞い用の汁粉作りだ。あんこを作る女たちの中に、マスもいる。トキの娘のユキや三吉《さんきち》が汁粉用の餅を小さくまるめていた。

「よくいらっしゃいました」

咲耶は、鳥居をくぐったトキに頭をさげた。その後ろに上柳家の女中のミツと琴音がいた。

「お招きいただきありがとうございます」

ミツがすましこんで答える。ミツの後ろに隠れるように立つ琴音の顔色は悪く、表情も冴《さ》えない。

前日に咲耶が餅つきの案内に行ったところ、琴音は即座《そくざ》に行かないと首を横にふった。

「うちの神社は不思議がいっぱいなんですのよ。心にかかっていることを神さまに打ち明けてくださいな。きっと助けてくださいます。何もしなければ物事は変わりません。琴音さん、ぜひおいでくださいませ」

咲耶は言葉をつくして誘い続けた。

その上で今朝、トキに迎えに行ってもらったのだ。

トキがなんといって説き伏せたのかはわからないが、とにかく琴音を引っぱりだしてきたのはさすがだった。

「じゃ、咲耶さん。あたしは店に帰るよ。お夕カさんに看板娘《かんばんむすめ》のお株《かぶ》を奪《うば》われるわけにはいかないからね」

それからトキは琴音の手を握った。

「琴音さん、大丈夫だよ。神さまが見守ってくださるから」

それでもうつむいてつっ立ったままの琴音を、トキは咲耶の前に押しだした。

咲耶は琴音の手をとり、本殿に連れて行く。

琴音と並んで手を合わせていると、「さぁくやさぁ～ん」と呼ぶ声がした。

ミヤの声だ。ふりむくと、ミヤは玉と並んで立っていた。

ミヤは先日来、玉を行徳河岸《ぎょうとくがし》の干物《ひもの》屋で待ち伏せして、知り合いになり、荒山神社の餅つきに誘いだしたのだ。

本殿でふりむいた琴音を目にし、玉は足をとめた。

琴音と玉は無言で向かい合った。琴音の顔がみるみる青ざめていく。

「琴音さん……」

「……うそ……どうして？　いやだ。帰ります」

琴音は玉の脇をすりぬけて出て行こうとした。

「琴音さん、逃げないで」

咲耶は琴音の袖をつかみ、そっとつぶやく。

琴音の唇がふるえた。

「はいはい、お汁粉、できあがりました。どうぞ」

前掛けをつけた三吉がお椀《わん》をふたつのせたお盆を、境内に並べた長腰掛けの上に置いた。椀をとろうとしたミヤの手を三吉がぴしゃりと打つ。

「姉ちゃんのじゃないよ。琴音さんとお玉さんのに決まってんだろ」

「あたしの分は?」

どっかりと長腰掛けに座ったミヤを三吉はあきれたように見た。

「姉ちゃん、なんのためにお玉さんを連れてきたか思い出せよ」

「なんのためって?」

「この長腰掛けに座るのは琴音さんとお玉さんだろ」

「なんで? 誰が決めたの?」

三吉はミヤをひきずるようにして向こうに連れて行く。化け猫ミヤはまったく空気を読めない。大事なこともすぐに忘れる。

張りつめていた空気が、三吉とミヤのやりとりでほんの少しゆるんだ。

やがて玉は覚悟を決めたように琴音に向き直ると柔らかく話しかけた。

「琴音さん、おひさしぶりでございます。ご挨拶したいと思っておりました」

琴音は唇を噛み、答えない。

「さあ、お玉さん、琴音さん。ここにお座りになって。お汁粉が冷《さ》めないうちに召《め》しあがってくださいな」

咲耶がそういったとき、琴音がきつい表情のまま、玉を見て、頭をさげた。

「ごめんなさい。意地悪ばかりして。なにかというと自慢して、侮《あなど》って。さぞいけすかない娘だと思っていたでしょう」

じっと聞いていた玉は一呼吸置いて、口を開いた。

「ええ。ほんとに嫌な人だと思っていました。……でも、私にもよくないところがあったんです。薄笑いして挑発したり、いじめられたと吹聴《ふいちょう》して、わからないようにちゃんと反撃もしてましたもの」

琴音の目がきらりと光る。

「そう。それがまた腹が立ってならなくて。お玉さんはきれいだからよけいに」

「だったらおあいこですわね」

「おあいこ？」

今度は玉が、きょとんとした顔の琴音に頭をさげる。

「ごめんなさい。意地悪をしたくなるようなまねをして」

ふたりはしばらくの間、見つめあった。どちらからともなくくすっと笑った。

やがてふたりは並んで座り、お汁粉を食べはじめた。

「琴音ちゃんはだいたい勝ち気すぎるんですよ。自分が人より上でないと嫌だっていうの、やめたほうがいいと思いますよ」

「そのいい方やめてもらえないかしら。そうやって人を決めつけて態度にあらわすって、昔からよね」

「負けず嫌いもいい加減にしないとねぇ」

「あなたにいわれる筋合いはないと思いますけど？　私がどんなことをしたって、お玉ちゃん、泣かなかったじゃない」

「私はこれからだって泣きませんよ。琴音ちゃんがたとえ小姑鬼千匹《こじゅうとおにせんびき》になったとしてもね」

「私が鬼千匹？　そうねぇ。なっちゃうかもねぇ」

「ならないわよ、鬼には。小姑には違いないけど」

「ああ、その笑顔がいらいらする。自分が美人だってわかってやってるでしょ」

「そういわれても、顔を変えることはできません」

「そりゃそうね」

「ほんとのことというと、いつも上等な着物を着て、髪をきれいに結《ゆ》いあげている琴音ちゃんのことが私、うらやましかったんだと思う。だから、気に障《さわ》るようなことをわざとしていたのかも」

「じゃ、お玉ちゃんに、私がふりまわされていたってこと?」

「いやだわ。人聞きの悪いことをわざと言うんだから」

「だってそういうことになるじゃない。ああ、ついてない。よりによって目障りで仕方がないお玉ちゃんが、私の義姉《ねえ》さんになるなんてねぇ」

「それはこっちの台詞《せりふ》だわ。鼻持ちならない義妹《いもうと》がついてきちゃって……」

「世の中、思い通りにならないわ」

「ほんとに。ああやだやだ」

「忍耐だわね」

ふたりは顔を見合わせ、またくすっと笑う。

いつのまにか、宗高が隣に立っていた。宗高は汁粉の入ったお椀と箸《はし》を咲耶に差しだした。

「咲耶、はい」

「わ〜、おいしそう」

宗高と咲耶は石段に腰をかけた。

「で、どうだった？　あのふたり」

「あそこ、見てやってくださいな」

咲耶の視線を追った宗高の顔に笑みが広がった。

琴音と玉のおしゃべりは続いていた。ふたりともすっきりした顔をしている。

「うまくいったな」

「なんとか」

ふたりを餅つきに呼びだし、話をさせようといったのは、宗高だった。一つ間違ったら大げんかになったかもしれない。琴音の心持ちがまたおかしくなることだって考えられた。

けれど、決着をつけなければ、琴音はずっと鬱々《うつうつ》として暮らさねばならない。玉だって、自分の祝言を心から喜ぶことはできない。

トキやミヤにも手伝ってもらって、なんとか今日にこぎつけたのだ。

咲耶は口元をきゅきゅっと動かし、琴音を狐から守っていた結界を解いた。

もう琴音に狐が憑くことはない。
光がよくまわる冬晴れの午後だった。

第五話：文字が消える

◇◆◇◆

煤払《すすはら》いが終わり、注連縄《しめなわ》も新しくして、荒山神社《あらやまじんじゃ》は新年を迎える清らかさに包まれている。

だが咲耶《さくや》は本日も火鉢《ひばち》にかじりついている。代《か》わりに式神《しきがみ》がせっせと働いていた。箒《ほうき》とはたきが動きをとめ、雑巾《ぞうきん》が洗い桶《おけ》から飛びあがり、物干し竿《ざお》にひっかかったとき、季節外れのあげは蝶《ちょう》が部屋に舞いこんできた。あげは蝶は咲耶に、たわむれるように近づいたり離れたりしている。

「ごきげんよう。おたあさま」

咲耶がぼそっというと、あげは蝶は光の粒《つぶ》となり、再び粒が集まり、女人《にょにん》の姿となった。

「おはようさん」

後ろに髪を長くさげるおすべらかしに、白粉《おしろい》を塗《ぬ》りたくり、額《ひたい》には丸い眉《まゆ》を墨《すみ》で描き、白粉でつぶした唇《くちびる》に小さく描いたおちょぼ口、長袴《ながばかま》をひきずり、五色の着物を重ね、大きな扇《おうぎ》を胸に抱えた女。

京に住む咲耶の実母・豊菊《とよぎく》である。

だがこの姿は本物ではなく写しだ。

豊菊本人は今も京にいて、式神をしこんだ式札《しきふだ》で自分の姿を現わしている。

豊菊は例によってわざとらしく家の中をずるずると歩きまわり、目をきょろきょろ動かした。

「この家はいっつもさっぱりしはってよろしおすなぁ。あてが送った人形、かわいらしかったやろ。どこに飾ってくれはるんかいな」

なんの見所もない家で、どうでもいいわねぇ、などとひと言目にいわれたら、咲耶でなくても、あさってのほうを向きたくなる。

咲耶は頰《ほお》をふくらませたが、豊菊はどこ吹く風だ。

「人形、届いとりませんかいな」

「飾るにはお元気な人形ですさかい」

うるさくて外に出せるわけないでしょと、咲耶もしゃらっと京言葉で返す。

「せっかくあてが人形の秀富《ひでとみ》に行って、顔をひとつひとつ見て、いちばんええもんを選んできましたのに」

秀富は公家《くげ》たちにも人気がある京の人形店だ。

「そんなたいそうなお人形。うちにはとてもとても」

「あ、お返しとかほんま、気ぃ使わんといてな」

蓋《ふた》をあけたとたんに「帰ってきなはれ。戻ってきなはれ」と豊菊の声で叫《さけ》ぶ、はた迷惑な人形を勝手に送りつけておいて、お返しを要求するずうずうしさには、わが母ながらあきれてしまう。

母はすっとぼけて続ける。

「懐《なつ》かしゅうて胸がきゅ〜っとならへんか。ええやろ。わての声やさかい。母親の気持ちや。あなうれしと飾るのが娘やないの」

咲耶は答える気にもなれない。あの声、あの言葉……懐かしいどころか、陰々《いんいん》滅々《めつめつ》とした気持ちになるというものだ。

じろりと豊菊が咲耶を見据えた。

「……ほかしたんやないやろな、見世物《みせもの》小屋に売ったりしてへんな」

咲耶は膝《ひざ》をうった。

「その手があったとは、今の今までは気がつきませんどしたわ」

「ほかしたり売ったりしたら、人形が化《ば》けてでるで」

いくらこの話をしていても堂々《どうどう》めぐりで、互いに気分が悪くなるばかりだ。

「おたあさま、おきばりやしたんは、重々《じゅうじゅう》わかりました。とにかく、この人形を持って帰っておくれやす。せやなかったら、化けてでようが何しようが、浅草《あさくさ》の奥山《おくやま》の見世物小屋に売り払いまっせ」

「なんちゅうことを」

そのとき、外から声が聞こえた。

咲耶の顔色が変わる。

誰にもこの豊菊の姿を見せるわけにはいかない。以前、近くの長屋の差配人《さはいにん》に豊菊を見られてしまったことがある。あのときはすっとぼけたが、それが二度三度重なれば言い逃れも難しくなる。

「おたあさま。早くお帰りやす。また化け物いわれまっせ」

「朝に化け物がでるかっ！」

◇◆◇◆

豊菊が消えると同時に、三吉《さんきち》が庭から入ってきた。

おとないをこうても、返事がなかったので、庭にまわったと頭をさげた。

三吉は三つ目小僧《みめこぞう》という妖《あやかし》だ。

手習所《てならいどころ》に通いつつ、三吉は一日おきに両国広小路《りょうごくひろこうじ》近くの《文栄堂《ぶんえいどう》》という代《だい》書屋《しょや》で働いていた。

代書屋は本人に代わって書類や手紙などを代筆する店だ。三吉は近所に文《ふみ》を届けるための手伝いとして雇《やと》われたが、意外に文章も書けると主《あるじ》に認められ、今では簡単な代書もまかされている。

茶の間にあがった三吉は、きちんと正座をしてぽつりぽつりと話しだした。

文栄堂でおかしなことが相次《あいつ》いでいるという。文栄堂では宛先が近所なら、三吉が文を届けたりもする。遠くへの文は、夕方にやってくる飛脚《ひきゃく》の店の者にまとめて預ける。

「はじめて異変に気づいたのは六日ほど前なんだけど」

小舟町《こぶなちょう》の菓子屋《佐野屋《さのや》》の若旦那《わかだんな》・米助《よねすけ》から、意中の留袖新造《とめそでしんぞう》・千早《ちはや》にあてた恋文だった。子どもの三吉はさすがにこうした艶《つや》っぽい代書はまかされない。その道の手練《てだ》れがさらさらと書きあげる。

三吉は千早に文を届け、返書をもらって帰ってくるようにいわれ、米助からは心付けもたっぷりもらい、意気揚々《いきようよう》と吉原《よしわら》に歩いて出かけて行ったという。

「歩いて？　遠かったでしょ」

「それほどでもないよ。おいら、舟は嫌いなんだ。右に左に揺れて酔《よ》っちまうし、ひっくり返ったら大事《おおごと》だから……」

両国広小路から浅草御門《ごもん》まで行き、神田川《かんだがわ》を渡り、大通りを北に向かった。吾妻橋《あづまばし》、浅草広小路を通り抜け、今戸橋《いまどはし》の手前を西に曲がる。山谷堀《さんやぼり》に沿《そ》った日本堤《にほんづつみ》をまっすぐに進めば吉原だった。

吉原の大門《おおもん》をくぐり、目当ての遊郭《ゆうかく》に行くと、外を掃除《そうじ》していた若い衆にいつものように千早に文使いを頼んだ。

昼見世《ひるみせ》が始まる九つ（正午）前で、通りを歩いている者はほとんどいない。

どこからか三味線《しゃみせん》の音が聞こえた。遊廓から出ることができない女たちはこの時刻、三味線を稽古《けいこ》したり、おしゃべりをしたり、客に文を書いて過ごすのだ。

若い衆はすぐに戻ってきて、剣呑《けんのん》な表情で三吉に文をつき返した。

——兄ちゃん、何も書いてねえじゃねえか。

——書いてないって？　そんなはずありませんよ。

——いけねえな。大人《おとな》をからかっちゃ、すごんだ。宛名も差出人の名も書いてねえ。

若い衆はあごをつきだしてすごんだ。

三吉はあわてて表書きを確かめた。若い衆の言う通りだった。

受け取ったときには「千早さま」「米」と表書きも裏書きもあったのに字が消えている。中も同様で、一字たりとも残っていない。

妖の三吉は人よりはるか長くこの世に生きているが、こんなことははじめてだった。わけがわからないまま文栄堂に帰ると、その日扱った他の五通でも字が消えていたということが判明した。それからも毎日、同じことが続いた。

「ただ訴訟に提出したりする文は消えないんですよ」

「消える文と消えない文があるの？」

「消えるのはもっぱら恋文や家族や友だちあての文の類《たぐ》いで……」

そこで文栄堂では、今、商売関係の文だけの取り扱いに限っているという。

もうひとつ困ったことがあってと、三吉がため息をつく。

「この話を聞きつけたミヤが、自分が恋文を書いてやるっていいだして、三日前からまた御高祖《おこそ》ずきんをかぶって文栄堂の前に机《つくえ》を出してるんです。それも、納《なっ》音《ちん》恋文という幟《のぼり》を立てて……」

「納音恋文？」

「ただ恋文を書くだけじゃつまらないって。納音占いをして相性を見分け、相手の心を確実に射《い》ぬく恋文を書きます、なんて嘘八百《うそはっぴゃく》並べて……」

納音占いは、陰陽師《おんみようじ》が用《もち》いる占いだ。

ひと月前、両国広小路で納音占いが評判をとったとき、ミヤはそれを真似《まね》て、わずかの間だが文栄堂の前でエセ占い師をやっていた。

「納音恋文なんてはじめて聞いた」

「インチキだから」

だがミヤの恋文代書は評判がよく、文栄堂にとっても「しばらくの間は、恋文は店の前の納音恋文をご利用ください」と客に勧《すす》めることもできるため、喜ばれているという。

ただ文栄堂としてはいつまでも文書のえり好みを続けるわけにはいかない。実際、店の売り上げも減っている。

「旦那《だんな》さんも頭を抱えているんだよ」

文栄堂の主は、愛想《あいそ》が良く話し好きで、咲耶が顔を出すと、座布団を勧め、いつも三吉の働きぶりをほめてくれる。あの主が困っているのは気の毒でならなかった。

「字が消えるって……私も聞いたことがないわ。何が関係しているのかしら」

三吉は妖なので、その類いの気配には敏感だ。三吉が正体《しょうたい》をつかめないというのは妖ではないということになる。

「理由がわかればねえ」

三吉がため息をついたとき、朝のお勤《つと》めを終えた宗高《むねたか》が戻ってきた。

「お、三吉。来てたのか。師走に入って代書屋も忙しいんじゃないのか」

「そのことなんですけどね、文栄堂さんでおかしなことが起きているんですって」

咲耶が文栄堂の怪異《かいい》の話をして聞かせると、宗高の顔が輝き、案《あん》の定《じょう》、前のめりになった。

「ミカンの搾《しぼ》り汁で書いたものを蠟燭《ろうそく》の火であぶると、文字が浮き出るということはあるが、文字が消えるとは……」

すぐに三人は文栄堂に向かった。

文栄堂の前にはまた行列ができていた。娘ばかりではなく、若い男も列に並んでいる。

『納音恋文であの子の心をつかむ』『来年こそ、あの人と納音恋文』など、いかにもそれっぽい幟が北風にびらびらとひるがえっている。

机を前に座っているのは、紫《むらさき》の御高祖ずきんのミヤである。

ミヤがこんな怪《あや》しげなことをしていることを、咲耶も三吉も、なるべくなら宗高に知られたくなかった。宗高はミヤを三吉の面倒をみている健気《けなげ》な姉だとばかり思っている。

幸《さいわ》い、着ぶくれて火鉢を抱き、猫背で机に向かっている女はちょっと見には誰だかわからない。

だが宗高は並んでいる男に気安く声をかける。

「納音恋文とは初耳ですが、ずいぶん人気があるんですね」

「うまくいくと評判なんすよ。何しろ二千年の歴史がある占いで、文面に相手がとんと落っこちきる言葉を入れてくれるんだそうで」

「ほほう」

咲耶が引きとめようとするのに、宗高は御高祖ずきんのミヤにずんずん近づいていく。ミヤも、宗高に気づいたらしく、顔を別のほうに向けた。

「これであの人がふりむいてくれるんですか」

前に座った十八くらいの娘が胸の前で手を合わせる。

「おそらく」

ミヤは宗高を意識してか、蚊《か》の鳴くような声音《こわね》で答えた。

「……一緒に猫を飼いたい……。文面はこれだけですか？」

「通じるはずです」

「わたし、猫、嫌いなんですけど」

「好きになりましょう」

「どうすれば」

「自分で考えましょう」

「がんばってみます」

「がんばってね。はい、次の人」

宗高は感心したようにうなずく。

「なるほど。猫好きの相手に、一緒に猫を飼いましょうとは。夫婦《めおと》になりたいという含みか……」

御高祖ずきんのミヤがぺろりと舌《した》を出す前に、咲耶は宗高を文栄堂の中に引っぱりこんだ。

主は神主姿の宗高を見るとすがりつかんばかりの勢いで、字が消える話を手際《てぎわ》よく説明し、手をついた。

「もしご祈禱《きとう》で祓《はら》えるものでしたら今すぐにもお願いしたく……」

「どうぞお手をあげてください。……事と次第を見極めませんとなんともお答えしようがなく……。しかし不思議な話ですな」

宗高は穏《おだ》やかにいう。

主は、文栄堂で使用している紙や筆《ふで》、墨を宗高の前に広げた。

紙は上等なものから実用的なものまで数種類取りそろえている。

筆も墨も紙も、以前から同じ店で、まとめて購入しているという。

それから主は紙を数枚、宗高に差しだした。何の変哲《へんてつ》もない白い紙だ。

「これが、文字が消えた紙でございます」

宗高は表裏をひっくり返し、さらに光に透《す》かすなどして確かめる。

「墨の跡が……まったく残ってませんな、字が消えたところを見た人はいらっしゃるんですか」

「いいえ、気がつくと消えている次第で……」

「消えるところを見てみたいものですね」

咲耶は宗高に言い添える。

「筆と墨を拝借《はいしゃく》してよろしいですか」

「どうぞどうぞ」

宗高は紙に、へのへのもへじと書き、筆を置いた。

咲耶と宗高、三吉でじ～っと見つめているがうんともすんともない。

「やはり。相手に思いをこめた文の文字だけが消えるようでして」

腕を組み、主が宗高にいった。

「消えるものと消えないものを選んでいるということですか」

「そうとしか思えないんです」

文字が消えた紙をゆずり受け、三人は文栄堂をあとにした。

あいかわらず、納音恋文の行列は続いていた。

荒山神社に戻ると、年頃の娘三人が社務所《しゃむしょ》で待っていた。

「やっと帰ってきてくれた！　御朱印《ごしゅいん》をちょうだいしたくて。この神社、天狗《てんぐ》が出たところなんですよね」

「すぐにご用意いたします。ちょっとお待ちくださいませ」

咲耶は社務所に入ると硯《すずり》で墨をすりはじめた。三吉がのぞきこむ。

「御朱印書きのためにいちいち墨をするの？」

「ええ。すりたてだと墨色がきれいで、伸びがいいでしょ。文栄堂では違うの？」

「客の数が違うから。墨はまとめてすって、墨壺《すみつぼ》に入れてあるんですよ」

「そうよね。一日に何十通も書くんですもんね。……もしかして墨をする人が替わったりしてない？」

「おんなじ。もう何十年と、近所のじいさんがやってくれてるんですよ」

娘たちが広げた御朱印帳に宗高が筆をふるい、半紙をはさんで、にっこりする。

「またいらしてくださいね」

きゃあ男前という声が聞こえ、咲耶はすっかりいい気分で、宗高の整った横顔を見つめた。

◇◆◇◆

やはり字が消えるところを見なければ、何が悪さをしているのかわからないというわけで、翌朝、咲耶は三吉とともに再び文栄堂に向かった。

宗高は建前《たてまえ》のお祓いが終わり次第、文栄堂に駆《か》けつけることになっている。

文栄堂には訴訟の文を担当している年配の男が客を前に筆をふるっていた。主は出かけていて、納音恋文のミヤが出てくる時刻まではまだ間がある。

咲耶が手紙を出すとなると、やはり京の祖父母か父母あてだ。

「三ちゃん、おじいさまとおばあさまあての文《ふみ》をお願いします」

「承《うけたまわ》りました」

客との受け答えそのままに、ふたりはすべてを再現するよう試みる。

咲耶のまぶたの裏に祖父母の顔が浮かんだ。

色白で切れ長の一重《ひとえ》の目、ほんのり紅《べに》をさしたような口元、つんと形のいい鼻、鈴をふるような声で笑う蔦《つた》の葉《は》。

祖父の安晴《やすはる》も思い出すのは笑顔ばかりだ。背が高く、がっしりした身体《からだ》をしていて、今も薪割《まきわ》りを軽々《かるがる》とこなす。

祖父母は京の桂川《かつらがわ》の源流近くの里に住んでいる。

もう雪は降っただろうか。

師走《しわす》（十二月）の今、ふたりは藁《わら》ぶき屋根の下で囲炉裏《いろり》を囲んでいるだろうか。

懐《なつ》かしさが咲耶の胸にあふれた。

「文面はいかがいたしましょう」

「では……御無沙汰《ごぶさた》しております。お元気でお過ごしですか。咲耶は元気でやっております。江戸の暮らしにも慣れ、宗高さんと仲良く暮らしております」

さらさらと三吉の筆が走る。書き終えたのを待ち、また咲耶は続ける。

「不思議なことは京の都の専売特許だと思っておりましたが、江戸にも奇々怪々《ききかいかい》がいっぱいあり、退屈するということがありません。残念なことは唯一、おじいさまとおばあさまにお目にかかれないことです」

「咲耶さんはおじいさんとおばあさんがお好きなんですね」

「ええ、大好き」

「結構ですね。はい。次をどうぞ」

「冬になり、日に日に寒さも厳しくなっております。どうぞお健《すこ》やかにお過ごしくださいませ……これでどうかしら」

「喜んでくださると思いますよ」

「宛名は一条《いちじょう》安晴殿、蔦の葉さま。咲耶より。でお願いいたします」

やがて三吉は筆を置いた。

書きあがった文を、咲耶と三吉は固唾《かたず》をのんで見つめた。

訴状を頼んでいた客はもう帰っていた。朝が早いせいか、客も並んでおらず、先ほどまで仕事をしていた年配の男は座ったまま、こっくりこっくり居眠りをしている。

火鉢にかかった鉄瓶《てつびん》が湯気《ゆげ》をあげていた。

しんと静かな時間が過ぎていく。

四半刻（約三十分）ほどしたときのことだった。

文字が紙からすいっと浮き出た。空中にゆらゆらたゆたい、蛇《へび》のようにくねり、よれたかと思うとまとまり、ぱっと消えた。

咲耶と三吉はごくりと唾《つば》を飲みこんだ。

「消えた」

「浮かんで消えた」

紙にも筆にも、墨にもおかしなところはなかった。文を書くのに、ほかに必要なものはなんだろう。

「三ちゃん、硯が見たいの」

「わかった」

三吉は奥に入っていく。

「いつもはどれを使っているんだろ。……咲耶さん、硯、いっぱいあるんですよ。こっちにきて見てもらえませんか」

奥の小部屋の棚に、几帳面《きちょうめん》に硯が並べられていた。大小様々、四角、楕円《だえん》、丸に近いものもある。その数、二十は下るまい。

「ずいぶん、たくさん」

「硯集めが旦那さんの楽しみのひとつらしくて」

首筋がちかちかして、咲耶ははっとした。ここに何かがいる。そんな気がした。

ひとつの硯が咲耶の目を射たのはそのときだ。

中段の端に置かれた硯。花びらが幾重《いくえ》にも重なる牡丹《ぼたん》の花が彫《ほ》られている。愛らしく美しい硯だ。

「これは？」

「あ、それね。端渓《たんけい》だって、旦那さんが自慢してた」

端渓は、硯の最高峰といわれる唐物《からもの》だ。地のキメがこまかく、墨の伸び、墨の色のよさが格別だという。

咲耶の手が呼ばれたように硯に伸びていく。

そのときだった。何かを感じとったように、三吉の顔色が変わった。

「それ……触っちゃダメだ」

三吉が叫ぶ。だが硯はすでに咲耶の手に収まっていた。

「咲耶さん、その硯を置いて。早く！」

咲耶の手の中でどくんと硯が脈《みゃく》を打つ。

「これ、おかしい……」

「咲耶さん、手を離して！」

咲耶は硯を棚に戻そうとしたが身体が固まってしまったように動かない。

切羽《せっぱ》つまった表情で、三吉が硯を奪いとろうと近づくのが見えた。

そのとき、咲耶が立っていた床がぐにゃっと歪《ゆが》んだ。光が消えていく。ずるっと底が抜け、漆黒《しっこく》の闇《やみ》の中を咲耶は落下していた。

「咲耶さん、咲耶さん」

三吉の声が遠くなった。

雲の切れ目から日の光が降《ふ》り注《そそ》いでいる。まぶしさに咲耶は目を細めた。小鳥の澄《す》んだ声が木立《こだち》を抜けていく。

空は白の絵の具を流したような水色だ。遠くの山に「大」の字が見える。あれは東山《ひがしやま》だ。

咲耶は美しく整えられた庭の白砂敷《しらすなじき》に立っていた。白砂敷のまわりには、丸く刈《か》りこまれた皐月《さつき》が重なるように植えこまれ、その後方に様々な種類の楓《かえで》が枝を伸ばしている。

ししおどしの響きが空に抜けていく。音がしたほうに目をやると、小さな滝が見えた。滝の手前には池が広がっている。

池にかかる橋の上に、母・豊菊が立っていた。

「咲耶。よう帰ってきてくれはりましたな」

「もうどこにも行くんやない。わてらのそばにいておくれ」

その声にふりむくと、父の典明《のりあき》が立派な家の濡《ぬ》れ縁《えん》に立っていた。

ここは実家ではない。

豊菊は長年、池のある広い庭の家に住みたいといっていたが、引っ越したのだろうか。いや、そんなこと、聞いていない。こんな豪勢《ごうせい》な庭や家を構えられるのは、摂家《せっけ》や清華家《せいがけ》、大臣家《だいじんけ》くらいなものだ。

そもそもなぜ咲耶は京にいるのだろう。

そのとき、咲耶は自分が女官《にょかん》のような衣を何枚も重ねていることに気づいた。

「よう似合《にお》うてはる。べべをあつらえてよかったわぁ」

「おたあはんの見立ても、さすがやなぁ」

母は庭から書院《しょいん》にあがり、父とにっこり笑いあう。豊菊の化粧は薄く、話し方もおっとりとして品が感じられる。

ふたりはしっとりと並んで立ち、咲耶を見つめた。

はて、父母はこんなに仲良かっただろうか。父の顔さえ見れば尻《しり》をたたく言葉を連発するのが母ではないか。そんな母と顔をまともに合わせないように父はいつも気をつけていたはずだ。

おかしい。嘘くさい。

だが心地よい。

「あ、お姉はんが帰ってきはりましたで」

豊菊が濡れ縁の先に目をやった。

咲耶は絶句《ぜっく》した。咲耶には姉はいない。自分は一人っ子で、だから、豊菊は婿《むこ》になってくれる陰陽師を探さねばと躍起《やっき》になっているのだ。

裾《すそ》をひきずる音が近づいてくる。現われたのは、はっとするほど美しい人だった。薄紅《うすべに》色の衣《ころも》の上に艶のある豊かな黒髪がゆれている。

「咲耶、お帰りぃ。逢《あ》いたかったでぇ」

抜けるように白い肌《はだ》、優しげな目元、柔らかな声、自信にみちた口調《くちょう》。非の打ちどころのない優雅《ゆうが》な所作《しょさ》。

「お姉はんも咲耶のこと心配してはったん」

「ほな、ふたりでゆっくりしなはれ。姉妹《しまい》でつもる話もあるやろ」

父母は姉という人と咲耶を残し、奥に姿を消した。

「咲耶、いつまで庭に立ってはるん。中にお入り」

姉のことを自分は忘れていたのだろうか。咲耶は促《うなが》されるまま、部屋に入った。

「うれしいなぁ。また一緒に住める」

咲耶の手を握り、深い海のような目でじっと見つめる。目をそらすことができない。

「せや、明日は、桜を見に行きまひょか」

「今は、師走でっせ」

「春どす」

まばたきすると、咲耶は嵐山《あらしやま》にいた。姉と並んで渡月橋《とげつきょう》を渡っている。

桜が満開で、あたり一面薄紅の雲に包まれているかのようだ。姉の薄紅色の衣が花に溶けこみ、まるで桜の精か何かのように思える。

「きれいなぁ」

「いやほんま」

そのとき、向こうから網代車《あじろぐるま》がやってきた。

牛車《ぎっしゃ》のために牛を飼っている公家など、今や数えるほどで、京のど真ん中でも牛車を見ることは滅多《めった》にない。

その網代車はふたりの前でひたっと止まった。御簾《みす》の中から出てきた若い公家がこちらに近づく。姉はさっと扇で顔を隠した。あわてて咲耶も扇をとりだした。

「妹はんもご一緒にいかがどすか」

若い公家は姉の手をとった。三人がのり終えると網代車はゆるゆる動きだした。

「桜の下で見るおうちは、一段ときれいやな」

公家は甘い言葉を姉にささやき続ける。姉ははじらいながら、うなずいたり、小さな声で笑ったりしている。

網代車はのり心地がいいとはいいがたかった。始終《しじゅう》ガタガタゆれっぱなしだ。ふたりはのり慣れているのだろうが、咲耶は後ろ簾《すだれ》から落ちないように物見窓《ものみまど》の縁《ふち》をつかまずにはいられない。

「硯、新しくしなはったんやて」

「ええ。牡丹の花が彫られている、きれいな硯なんどす」

「華やかなおうちに、ぴったりな硯やなぁ。その硯で文を書いてくれはるか」

姉は頰を染めて、うなずいた。

車輪が石を踏んだのか、ガタンと激しく揺れた。咲耶はふり落とされまいと、両手で必死に物見をつかみ、ぎゅっと目を閉じた。

とたんに香《こう》の匂いに包まれた。なんだろう、この匂いは。

目をあけると、咲耶は再び、庭の見える部屋に座っていた。

姉は短冊《たんざく》を差しだす。

「ええお人なん。歌も上手で……ほら。あてのことを恋しいゆう歌を書いてくれはったん」

「……この匂いは？」

短冊から香りが立ち上っている。

「あの人の匂いや。白檀《びゃくだん》に竜脳《りゅうのう》、桂皮《けいひ》を混ぜてはるんやないかしらん」

その匂いが濃くなった。頭がしびれそうだ。

「なんであの人、返歌よこしてくれはらんのやろ」

今度、耳を射たのは、つけつけとした姉の声だった。

顔をあげると、季節が回っていた。

庭に牡丹の花が咲いている。鮮やかな紫紅色《しこうしょく》の大輪《たいりん》の花だ。

その花の下に小さな人形のような少女が立っていた。

肩で髪をそろえ、前髪は額の上でぱつんと切って、牡丹と同じ色合いの振り袖を着た女の子。背は五寸（約十五センチ）ほどだ。

妖か？　牡丹の精だろうか？

女の子はにこっと笑い咲耶に手招きをした。それに誘われるように、咲耶が腰を浮かした瞬間、姉がふりむいて咲耶を見た。

「その気にさせて、あんまりや。咲耶ならあての気持ちがわこうてくれはるな。咲耶はあてに似てはるもの。京の陰陽師の家に生まれ、妖とも近《ちこ》うて……」

咲耶はぎくりとした。いいようのない不安が湧《わ》きあがる。

この人は、なぜこんなことをいうのだろう。姉妹にわざわざいうことだろうか。やはり姉ではない。いったい、誰なのだ。

その人は唇を噛み、さらさらと短冊に歌をしたため、庭に目をやった。

牡丹の花の下に少女がたたずんでいるのに、その目には映《うつ》っていないようだ。

少女は咲耶を見つめ返し、黙っていてというように、口元に人差し指をあてた。

「咲耶はあての力になってくれはるか」

その人は低い声でいった。

少女が首を激しく横にふる。うなずいてはダメだというように。

「なってくれはるか！　聞いとるがな」

「どないしはりましたんや。大きい声だして」

「はよ、こたえんか。力になるといいなはれ！」

声を荒らげた瞬間、短冊に書いた文字が空中に浮かびあがった。文字はほどけてつながり、一本の太い線になった。うねうねと動く様子は蛇のようだ。

ふりむいたその人の口がゆっくり裂《さ》けていく。

真《ま》っ赤《か》な口が開いていく。

「咲耶！　どうした。目をあけろ」

声が聞こえたのはそのときだ。誰の声なのだろう。

懐かしい声。安心する声。

「咲耶！　戻ってこい！」

また声がした。この声を知っていると咲耶は思った。

その人の手が肩にかかる。

「あてと一心同体《いっしんどうたい》だといいなはれ。はよ。咲耶っ！」

吠《ほ》えるようにいい、口が向かってくる。

まるで咲耶を呑みこまんばかりに。

「助けて！」

そのとき、身体がきゅっと上に引きあげられた。

「咲耶、しっかりしろ」

目をあけると、宗高が咲耶を抱きかかえ、顔をのぞきこんでいた。

文栄堂の小上がりである。

宗高の目が赤い。涙がみるみる盛りあがった。

「……よかった。気がついてくれた」

ぐすっと宗高が鼻をすすり、三吉がへたへたと座りこんだ。

「咲耶さんたら突然倒れて、おいらがゆすっても名前を呼んでも返事しないし……宗高さんが来てくれなかったら……」

「……あたし、夢を……」

本当に夢だったのだろうか。

夢というには何もかもあまりに生々《なまなま》しかった。

「夢を？　気を失ったあのわずかの間に」

咲耶は目尻の涙を指でふいていた宗高にうなずく。

「この硯を持ったとたんに倒れたんだよな」

止める間《ま》もなく、宗高は硯をつかんだ。

「……いわくありげに見えないこともない」

宗高に異変はなかった。表を見、ひっくり返して裏も確かめている。

咲耶は硯を手にしたとたん、あれほどの衝撃を感じたのに。

三吉もいぶかしげに宗高と硯を見ている。三吉の表情に硯への恐れがにじんでいる。

「この硯、いつから使ってるんだ？」

三吉は首をひねり、聞いてきますと店表に行く。戻ってきた三吉は険《けわ》しい顔をしていた。

「……三月ほど前に旦那さんが骨董屋《こっとう》から買ってきたそうです。墨すりのじいさんがこのところ気に入って使っていたとかで……」

ぎょっとしてみなが顔を見合わせた。文の文字が消えた時期とほぼ一致しているといえなくもない。

「どこの骨董屋だ？」

「小網町の骨董屋《青山《あおやま》》が旦那さんの行きつけです」

「……硯のことを聞かなくちゃ」

咲耶は立ちあがった。

「咲耶、無理は禁物《きんもつ》だよ」

咲耶の身体が心配だという宗高の気持ちはうれしかったが、硯は咲耶にあの夢を見せたのだ。咲耶でなければわからないこともあるに違いない。

「大丈夫よ。宗高さんが一緒なら。千人力《せんにんりき》ですもの」

咲耶がいいはると、宗高は苦笑いしてやっとうなずいた。

ちょうど戻ってきた主に、硯を借り受けて、三人は店を出た。

◇◆◇◆

師走も押し迫り、町はお祭りのように賑《にぎ》やかだ。荷物を山とのせた大八車《だいはちぐるま》が行き交《か》い、手代《てだい》や小僧が早足で通り過ぎる。正月用の買い物をする女中連れの武家のご新造さまや娘の姿も多い。

軽やかな笑い声が聞こえ、そちらに目をやると、ミヤがいた。道で知り合いにあったらしく、立ち話をしている。よくいえばざっくばらんでさっぱりしているミヤは、江戸の人には案外かわいがられている。

ミヤは咲耶たちに気づくと駆け寄ってきた。

「どうしたの？　みんなおそろいで」

文業堂の主が硯を買った骨董屋に行くというと、ミヤはぽんと手を打ち、察しよくいう。

「ってことは、字が消えるのは硯のせいってわけ？」

「関係してるかもしれなくて。そのうえ……」

硯を手に持ったとたん、咲耶が倒れたというと、ミヤは目をむいた。

「あたしも行く！」

「納音恋文はいいの？」

咲耶が耳打ちすると、ミヤはうなずき、胸元からはみ出していた紫の御高祖ずきんをぎゅっと中に押しこむ。

「そっちこそ大丈夫？　咲耶さんの顔色、妖《あやかし》カワイルカの親戚《しんせき》みたい」

カワイルカはその名の通り川に住む珍しいイルカで、その妖は顔色が青いことでも知られている。『西遊記《さいゆうき》』に出てくる沙悟浄《さごじょう》もカワイルカの妖だ。孫悟空《そんごくう》はもちろん猪八戒《ちょはっかい》でさえ果敢《かかん》に悪い妖と戦うのに、沙悟浄は襲ってきた妖にすぐに捕まってしまう情けない役どころでもある。

確かに咲耶は今もまだ、夢の中にいるみたいだった。

夢の中で咲耶を呑みこもうとしたあの人はいったい、何者なのか。

京生まれ、陰陽師の家、妖とも近い……ともいった。

牡丹の花の下にいた人形のような少女は、咲耶を守ろうとするかのように現われ、あの人にうなずいてはいけないと必死で訴えていた。

その少女の正体もわからない。

骨董・青山は路地のつきあたりにある間口二間（約三・六メートル）の店だった。

主は四十がらみの、狸《たぬき》の置き物のような風貌《ふうぼう》の男で、宗高が硯を見せると、確かに自分の店で取り扱ったものだといった。

「この硯が何か？」

主はうかがうような目をして、宗高を見上げる。

「由来《ゆらい》をおうかがいしたいと思いまして……」

「はあ。由来といっても……この硯は京から流れてきた硯というくらいで」

「端渓ですよね。端渓なんて、おいそれと手に入るものではないのに」

三吉がつぶやくようにいった。主はふっと笑った。

「端渓ですけれども、格安という出物《でもの》でしたから」

「格安？」

宗高が眉をあげた。

「偽物《にせもの》じゃ？」

「めっそうもない」

「じゃ、どうして？」

「さぁ、……なぜですかねぇ。仕入れ値が安いわけをたずねても、問屋は口を濁《にご》すばかりでしたし」

「わけありですか？」

「さぁ。いずれにしても当方は明朗《めいろう》会計。値《ね》をふっかけるようなあくどいことは一切しておりません」

しゃらっと主は宗高に答える。

「なんでも、もともとは、お公家さんの蔵出しの品だそうで」

「公家？　どこのなんぞという公家かわかりますか？」

咲耶は身をのりだした。

「そこまでは……」

あの人はその公家の家の娘だろうか。この硯を使い、思い人と文のやりとりをした、非の打ち所がないほど美しい娘……。

咲耶の思いは、「へぇ～っ」というミヤの声で遮《さえぎ》られた。

ふり返ると、ミヤが奥に飾られた金屛風《きんびょうぶ》の前で腕を組み、ふんふんとうなずいている。金屛風には見事な虎の絵が描かれていた。

「ミヤは、まるで屛風に描かれた虎と話をしているみたいだな」

宗高が咲耶にささやく。

そう。ミヤは付喪神《つくもがみ》となった金屛風の虎と話していた。妖は、人から怪しまれかねない振る舞いは極力避けなくてはならないのに。三吉はあわててミヤに駆け寄り、袖を引いた。とめるなとばかりミヤはぶんとその手をふり払う。

「三吉、話を聞いてごらんよ。びっくりするから」

「えっ？」

それからふたりは一心《いっしん》に金屛風を見つめはじめた。

屛風に見とれていると思ったのか、幸《さいわ》い、主が不審がっている様子はない。

「あの屛風。見事な虎でしょう。大きな声ではいえませんが、大名家からの出物ですよ。ちょっといわくつきで……」

ちらちら屏風を見ている咲耶に向かって主が思わせぶりにいう。宗高の目がきらきら輝きはじめた。

「夜な夜《よ よ》な、虎が屏風から出てくるとか?」

「まさか……いや、ないともいえませんかな。もしお気に召《め》したら勉強させていただきますよ」

狸顔の主がにっと笑った。

もうちょっと店にいたいというミヤをひきずるようにして咲耶たちは店を出て、帰途《きと》についた。宗高は腕を組んで考えこんでいる。

「公家の家から流れてきた、ちょっと訳《わけ》ありの硯……かぁ」

ミヤと三吉は珍しく並んでひそひそ話しこんでいる。

「咲耶さん、ゆっくり話をしたほうがいいと思う」

やがて三吉が子どもらしからぬ深刻な表情でいった。

ふたりには、宗高が夕方の祈禱をしている時刻に家に来てもらうことになった。

日が陰りはじめると一気に冷えてきた。炭を足《た》した火鉢に、ミヤはへばりついている。

三吉は茶の間に入るなり開口一番《かいこういちばん》にいった。

「あの硯、付喪神なんだよ」

「付喪神が悪さをしているってこと？」
「いや、悪さをしてるのは付喪神じゃない。付喪神の虎がいうには、硯の付喪神
はおとなしく、悪事をたくらむようなものではないんだって」
「せやろな。付喪神には人をたぶらかす輩《やから》もおるけどな。硯がよりによって字を
消すなんちゅう悪さをしたら、自分の出番がのうなってしまう。んなことをする
のはよほどのあほやで」
口をはさんだ同じく付喪神の金太郎《きんたろう》に三吉がうなずく。金太郎も作られてから
長い年月が過ぎ、付喪神になった人形だ。
「だったら、何が悪さをしているの？」
「……硯の付喪神に怨念《おんねん》がとり憑《つ》いちまったらしいんですよ」
姉と名乗る女と、牡丹の花の下にたたずんでいた少女の顔が、咲耶の脳裏《のうり》に浮
かんだ。

咲耶は三吉と金太郎とミヤに、夢の話をした。

「その姉さんって人が怨念で、ちっさい子が付喪神ってこと？　でもなんで咲耶さんを呑みこもうとしてたんだろ」

ミヤがつぶやいてあくびをした。ミヤは猫の姿に戻り、火鉢の横で丸くなっている。

「お姉さんって人、咲耶さんが自分と出自《しゅつじ》が似てるっていったんだよね」

「似たもんなら、すぐに同化できますさかいな」

三吉と金太郎がうなずきあう。

念がさらに強くなるために、咲耶を呑みこもうとしたのだろうとふたりはいった。

「冗談じゃない。なにが悲しくて私が怨念の餌食《えじき》にならなきゃなんないのよ！」

「危《あや》ういとこでしたで、咲耶はん。力になってくれへんか、いわれたとき、断らんかったら、もうとうに食われてしもてたかもしらん。知らんけど」

金太郎の言う通りだとしたら、牡丹の下の少女、硯の付喪神が咲耶を助けてくれたことになる。

ミヤがぴょんと飛びあがった。

「事情はわかった。だったらその硯、壊しちゃおうよ」

鼻息荒くミヤはまくしたてる。金太郎があきれた顔で首を横にふった。

「これだから化け猫はあかんねん……」

「悪いって何が？」

「ミヤ、壊したって消えるのは付喪神だけだ。硯を祓うのもだめだ。付喪神まで消えちまうから」

「三ちゃんの言う通りや。硯の付喪神、ええ子やで。咲耶さんを助けはったんやで。消してしもたら、かわいそうや」

金太郎の目に涙が浮かぶ。

「怨念だけを祓うことができればいいんだけど」

頭を寄せあったものの、いい考えは浮かばない。

◇◆◇◆

「眠れないのか？」

何度も寝返りを繰り返す咲耶の耳元で宗高がつぶやく。

「起こしちゃった？　堪忍《かんにん》」

また夢を見るのではないかと思うと怖くて、その夜、咲耶は目をつぶることさえできずにいた。

宗高は咲耶を腕の中に引き寄せ、抱きしめた。

「眠るまでこうしているから、安心して目を閉じて」

咲耶は宗高の胸に頬を寄せた。

だが気がつくとまた、咲耶は夢の中にいた。

渡月橋で会った公家が座敷で父母と対峙《たいじ》している。

「……わてがうかつでございました。この話はもったいなさすぎてご遠慮させていただきとうおます」

「うちの娘が何か？」

豊菊があわてふためき、公家に尋ねた。

「すべて私の不徳《ふとく》のなすところでござりまして……毎日毎日、美しい文字で、歌を寄越《よこ》してくださりはって、雅《みやび》なことこの上なく……。ですが、わてはなかなか返歌もさしあげられず、ご気分を害してしまうこともたびたび。行き帰りにお待いてはちいただくのも申し訳なく、また、宮中に足を運ばれましても、わては伺候《しこう》している身。……仕事柄女官と話すこともございます。何度か期待にはこたえられんと、歌でお断り申し上げ、間に人を立ててお伝えもいたしましたが、得心《とくしん》してはいただけず……。本日、まかりこした次第でございます」

要するに、姉は毎日何度も文をだし、返信がないと責め立て、仕事場の行き帰りに待ち伏せし、あろうことか仕事場の宮中にまで押しかけ、女官と話しているところを見ると頭に血をのぼらせたということらしい。

男女の逢瀬《おうせ》は歌のやりとりでしまいになるのが普通だが、それでは姉の気持ちが収まらず、公家は人を介して断った。それでもあきらめなかったのだろう。もはやつきあいきれないとばかり、公家は直接乗りこんできたのだ。

隣の部屋で聞き耳を立てていた咲耶は、横に座っている姉をおそるおそる見つめた。姉の唇が震えていた。

「……あの子はなんでそないなことを」

豊菊はため息をもらした。父の典明が低い声で続ける。

「えらいご迷惑をおかけして」

「どうぞ、お手をあげはってください。娘さんのような素晴らしい女人《にょにん》にはもっとええ方とのご縁があると思いますよって。ほな」

公家はそそくさと腰をあげたのだろう。シュッシュッと、足袋《たび》が床をする音が遠ざかっていく。

立ちあがり、部屋を出ていく姉を、咲耶はあわてて追いかけた。

「待っておくれやす。あんなにあてのことを恋しいといってくれはったのに」

「その手を離しておくんなはれ。しつこいっ」

公家はふりむきもせず氷のような口調で切り捨てる。

「なんで、そんな心にもないことを……夫婦になるというてはったのに」

公家はくるりとふりむいて目をむいた。

「そんなこと、いうてへんがな。なんの取り決めもしておらへんがな。おうち、おかしいんと違うか」

「あの女官どすか？」

「女官なんぞ、関係あらへん」

「色目をつこうてはったもの」

姉はなぜかそこにあった筆に硯の墨をたっぷりつけて、さらさらと文を書く。

するとその文字が宙に浮かび、からまり、一本の紐になった。

紐はくるくるっと、男の首にからみつく。男の顔が苦しそうにゆがんだ。

「お、おうちは鬼かいな」

姉はふっと笑うと、ふりむいて咲耶を見た。

「咲耶、あての味方やな。味方や、ゆうてや」

思わずうなずきかけた。だが何かを忘れているという気がした。

はっとして庭に目をやると、牡丹の花の下に小さな少女がいた。

その瞬間、咲耶は我に返った。

足元に首を絞められた公家が苦しげな表情のまま、倒れている。

咲耶は迷わず陰陽道の呪文を唱《とな》えた。

『青龍《せいりゅう》・白虎《びゃっこ》・朱雀《すざく》・玄武《げんぶ》・勾陳《こうちん》・帝台《ていたい》・文王《ぶんおう》・三台《さんたい》・玉女《ぎょくにょ》』

刀に見立てた人差し指と中指の二本で四縦五横《しじゅうごおう》の格子《こうし》を描く。

「硯にとり憑いた邪悪なものよ。即座に立ち去れ。神の軍団がここを取り囲んでいる」

咲耶は強く念じた。

「咲耶！」

宗高の声で咲耶は目を開いた。

「どうした？　うなされていたぞ」

「宗高さん！　……抱きしめて」

咲耶は宗高の首に手をまわし、ぎゅっとひっついた。

一時は姉とも思ったものが、黒い粒となり、風に吹かれたように散っていった様子がまぶたの裏に蘇《よみがえ》る。

「人の気持ちなど信じられへん、何もかも壊してや……」

怨念の雄叫《おたけ》びも途中で消えた。

と思いきや、咲耶は牡丹の花びらの中にいた。

紫紅色、薄桃色、濃紅色、純白紫、黄、朱色……絹のような、天鵞絨《ビロード》のような、艶《あで》やかな花びらが重なり、淡く甘い香りに包まれている。

その真ん中にあの少女がいた。

――おかげでようやく声を取り戻しました。

かわいらしい声で、自分は本来、恋を成就《じようじゆ》させる硯だと続けた。

――私の硯ですった墨で文を書けば、相手に思いが伝わるんです。あの人は百年と少し前の陰陽師の娘、妖の血もひいた特別の女人でした。好きになることは、自分のものにすることだと思いこんでいた。それは恋とは呼べません。恋は我《が》を通すこととは違います。……思い人が去った後、あの人は怒りのあまり、邪念となり、私にとり憑いてしまった。人の恋路を邪魔するために。……けれどようやく、元の自分に戻ることができました。

そういって、少女はにっこり笑ったのだった。

◇◆◇◆

金太郎の声がうきうきしている。

硯を金太郎のそばに置いたところ、付喪神どうし話が弾《はず》んでいた。

「京の生まれなのに、いけずやないし、東言葉《あずま》やねんな」

「京生まれがみな、いけずとは限りませんで。長いこと、奥ぅのほうに追いやられて、江戸に流れ着き、聞こえるのは、東言葉ばかり。それに、あの娘がしゃべる京言葉がいやでいやで……気がついたら東言葉になってましたの」

「ぼたんちゃんがしゃべると、東言葉もかわいらしゅう聞こえるで」

「金ちゃん、お上手。お世辞《せじ》でもうれし」

いつのまにかぼたんちゃん、金ちゃんと呼び合っている。

三吉がミヤとともに駆けてきたのはそれからすぐのことだ。

「文字が消えたのは硯のせいだって、旦那さんも思ってたみたいで、できればこのまま硯を荒山神社で引き取ってほしいって」

三吉の声を少女のぷんぷんした声が遮った。

「硯じゃなくて、とり憑いた娘のせい！」

「誰？」

三吉は目をしばたたいた。

「硯のぼたんちゃん」

咲耶は夢の出来事をふたりに語って聞かせた。

文栄堂から硯をゆずってもらい、宗高は大喜びだ。

「おまけにうちで引き取ったときから、この硯は悪さをやめた。咲耶も元気になったし……何がよかったんだろうなぁ」

「やっぱり、宗高さんの朝夕の祈禱のおかげですわ」

でれっと宗高が微笑む。

硯のぼたんは咲耶に、豊菊に文を書くように勧めはじめた。ぼたんは、夢の中の咲耶の母親を豊菊と信じていた。

「やさしくてつつましやかで、私、大好きだわ、豊菊さん」

「水を差すようで悪いけど、本物はまったくの別人だから。そのうち、やってくると思うけど、びっくりして腰を抜かさないでね」

苦笑した咲耶に、金太郎がいった。

「咲耶さん、あの市松《いちまつ》人形、ぼたんちゃんに見せはったら？　それで一目瞭然《いちもくりようぜん》、いや、一を聞いて百を知るかいな⁉」

咲耶はしぶしぶ水屋の棚から箱を引きだし、金太郎と硯の前に置いた。心を鎮《しず》めて蓋《ふた》をとる。

「帰ってきなはれ。戻ってきなはれ〜〜」

豊菊の声が聞こえたとたん、ケラケラとぼたんの軽やかな笑い声が響き渡った。

「咲耶さん、豊菊さんに、声を消してと文で頼んでみたら。お人形を飾っていつも見ていたいからって。気持ちは重々《じゆうじゆう》わかりましたって添えて」

「そんな甘い人やないんですよ。わての気持ちがわかったら、早く帰ってこいって言うに決まってますから」

「かわいらしいお人形やないですか」

「私には不気味《ぶきみ》に見えますけど」

「よおく見てごらんなさいな」

そういわれると、かわいいとも思えたのは不思議だった。

師走も残すところあと十日ほどだ。

このごろちょっと気になるのはこの忙しさを縫《ぬ》うようにして宗高が骨董の青山に通いだしたことだ。青山の主も不思議好きで、二人は話がつきないようなのだ。

店にはいわくありげなシロモノばかりが並んでいて、実際、付喪神となっているものも山とある。

その夜、夕餉を食べながら宗高が切りだした。

「あの金屏風、付喪神だと思う。見ていたら、虎の目が動いたんだ」

「まあそんな……」

「うちの茶の間にどうかな。青山さんも格安でゆずってくれるっていうんだよ」

咲耶はぎょっとして箸《はし》をとめた。家に付喪神が三つに増えたら……相当やかましくなる。

その上、大名家からの出物のにぎにぎしい金屛風である。このちっちゃな茶の間では完全に位負《くらいま》けだ。

だが咲耶はこくっと宗高にうなずいた。

「じゃ、今度、青山に連れて行ってくださいな」

「そういってくれると思ったよ」

宗高がうれしそうに笑う。

金屛風の虎は、怨念にとり憑かれたぼたんを気の毒がってくれた、恩ある付喪神である。虎がミヤと三吉に事情を話してくれたからこそ、硯の怨念を祓うことができ、咲耶も救われたのだ。

明日は文を書こうと咲耶は思った。ぼたんの硯で。

両親の豊菊と典明、祖父母の蔦の葉と安晴に。

みな、咲耶の初春の文を喜んでくれるだろう。

その日から江戸は雪になり、町は真っ白に染まった。

解説——怪異を交《まじ》えて人の心を見つめる珠玉《しゅぎょく》の時代エンターテインメント

書評家　細谷正充《ほそやまさみつ》

「女房の名前は咲耶《さくや》。そして、旦那《だんな》の名前は宗高《むねたか》。ごく普通のふたりは、ごく普通の恋をし、ごく普通の結婚をしました。でも、ただひとつ違っていたのは、女房は式神使《しきがみつか》いだったのです」

いきなり、『奥様は魔女』のオープニング・ナレーションを捩《もじ》った一文から、この解説を始めてみた。ちなみに『奥様は魔女』は、アメリカのテレビドラマ。魔女だが人間のダーリンと相思相愛になり結婚したサマンサ。広告代理店の重役兼宣伝マンだが、堅物《かたぶつ》でサマンサが魔法を使うことを禁じているダーリン。この夫婦を中心に巻き起こる騒動を描いたホーム・コメディーだ。一九六四年から七二年まで放送された、長寿番組である。日本でも一九六六年から放送が始まり、絶大な人気を博《はく》した。ある時期まで、よく再放送をしていたので、ご覧になった人も多いだろう。

この番組を持ち出したのには、ちゃんとした理由がある。二〇二一年十一月に祥伝社から刊行された、五十嵐佳子《いがらしけいこ》の文庫書下ろし時代小説『女房は式神遣い！　あらやま神社妖異録』を読んだときのことだ。主人公夫婦の設定に、何か引っかかるものがあって、モヤモヤしていた。そんなとき、祥伝社が作った本の宣伝「奥様は魔女…じゃなくて、式神使い！」を見て、これだと叫《さけ》んだ。そうだよ、『奥様は魔女』だよ。何で気がつかなかったんだと悔しがったが、冷静になったら無理もないと思った。たしかに発想の原点は『奥様は魔女』なのだろうけど、あちこち変えて、独自の時代エンターテインメントに仕立てていたのだから。

日本橋横山町《にほんばしよこやまちょう》に開かれた、小さいけど由緒《ゆいしょ》のある荒山《あらやま》神社は、ちょっと変わった新婚夫婦が切り盛りしている。神主の山本《やまもと》宗高は美男子だが、お人好《ひとよ》しで頼りない。異常なまでに涙もろく、周囲からは「ぼんくら神主《かんぬし》」と呼ばれている。また、不可思議な現象が大好きなのだが、その手のことを感じる力はほとんどない。

その宗高の女房になったのが咲耶である。京の陰陽師《おんみょうじ》・一条《いちじょう》家の娘だが、ある理由から江戸に出て、荒山神社で巫女《みこ》をしていたところ、十年にわたる神主修行から帰ってきた宗高と相惚《あいぼ》れになり夫婦になった。祖父が大陰陽師、祖母が高位の白狐《びゃっこ》ということで、咲耶も強い式神使いの能力を持っている。とはいえ自分の力は宗高にも内緒にしており、式神《しきがみ》も掃除《そうじ》に使うくらいだ。また、江戸の市中で暮らす妖怪たちの存在にも気づいている。なかでも、差配《さはい》をしている長屋の住人の、ミヤという化《ば》け猫《ねこ》と、彼女の弟のふりをしている三吉《さんきち》という三つ目《みめ》小僧《こぞう》とは仲がいい。

宗高との暮らしに満足している咲耶だが、それぞれの母親が悩みの種。宗高の母のキヨノは、咲耶が気に入らず、粗《あら》を探しては、小言《こごと》ばかりいっている。一方、咲耶の母の一条豊菊《とよぎく》は、自身の目的のために、咲耶を宗高と別れさせて、京に戻したい。式神を使って咲耶の前に現われては、嫌味《いやみ》をいいまくる。どちらの母親も困ったものだ。そんな人々と妖怪に囲まれる咲耶は、宗高と共に、さまざまな騒動にかかわっていくのだった。

というのがシリーズのアウトラインだ。第二弾となる本書には、全五話が収録されている。冒頭《ぼうとう》の「猿《さる》出没注意！」は、江戸を騒がせる三匹の猿が、一瞬だが、荒山神社にも出没。よく神社に来ている仲良し三婆《さんばば》と共に、咲耶と宗高も目撃した。それとは別に、佃煮屋《つくだにや》を営《いとな》むトキから、相談が持ち込まれる。斜め裏の仕舞屋《しもたや》に引っ越してきたタカという女性から、嫌がらせを受けているというのだ。佃煮屋に行って、タカの嫌がらせが悪質なことに驚く咲耶。そこになぜか、話題の猿が現われた。

咲耶たちが調べると、今とは違ったタカの姿が浮かび上がってくる。それがなぜ、嫌がらせをするような人間になったのか。三匹の猿の大暴れを通じて明らかになる、タカの心情が哀《かな》しい。猿の正体については書かないが、怪異を交《まじ》えて人の心を見つめるという、本シリーズの特色がよく出た作品になっている。

第二話「季節外れの肝試《きもだめ》し」は、怪異が相次いだという武家屋敷に、咲耶たちが乗り込む。ホラー小説でお馴染《なじ》みの〝幽霊屋敷物〟だが、一捻《ひとひね》りした真相が楽しめた。咲耶たちが突き止めた、人の怖さと切《せつ》なさが読みどころだろう。本シリーズの持つ、ホラー小説の側面を強く感じさせてくれる名作だ。

第三話「占い狂騒曲《きょうそうきょく》」は、陰陽師が用《もち》いているという〝納音占い《なっちん》〟が江戸で人気を集める。ミヤまで便乗《びんじょう》していい加減な納音占いを始め、それなりに繁盛《はんじょう》しているが、納音占いの実態を知っている咲耶の胸中《きょうちゅう》は複雑だ。そんなとき、七歳の娘が抱えている、ある願いを知った咲耶は、これを叶《かな》えようと奔走《ほんそう》することになるのだった。

七歳の娘の願いは怪異関係の騒動。納音占いは人間関係の騒動。ふたつの騒動はどちらも面白いが、注目したいのは納音占いの方だ。ストーリーの賑《にぎ》やかしだと思っていたミヤが、ラストで活用されたのに感心した。こうした話づくりの巧《うま》さも、本シリーズの魅力になっているのである。

第四話「狐憑《きつねつ》くもの怖いもの」は、狐憑きの娘のお祓《はら》いを頼まれた宗高の陰で、事態解決のために咲耶が動く。怪異と人の心を重ね合わせた、狐憑きの真相が、実に本シリーズらしい。また、「猿出没注意!」に出てきた、トキとタカの使い方が素晴らしかった。このふたりのエピソードがあることで、狐憑き騒動を解決する咲耶の方法に、説得力が生まれているのだ。五十嵐佳子、物語のことをよく分かっている作家である。

そしてラストの「文字が消える」は、珍しくも三吉が相談にやってくる。彼が働く代書屋《だいしょや》で、文《ふみ》の文字が消えるという怪事件が発生したのだ。消えるのはもっぱら、恋文や家族や友だちあての文のたぐいだという。代書屋に行って、ある硯《すずり》に目を留めた咲耶だが、彼女自身が危機に陥《おちい》ることになる。

咲耶を助けるのは、怪異関係ではそれほど役に立たない宗高だ。この男、たしかに「ぼくんら」なのだが、けしてそれだけの人間ではない。第一巻収録の「わがんね童子《どうじ》」で、神主修行時代の宗高の辛《つら》い体験と、それにより決めた生き方が綴《つづ》られているではないか。なるほど、美人で有能な咲耶が惚れるのも分かる、確かな信念の持ち主なのである。咲耶が魅力的なら、宗高も魅力的。そんなふたりがイチャイチャしていると、読んでいるこちらまで嬉《うれ》しくなってくるのだ。

なお、本シリーズで私が一番好きなのは、咲耶の母親の豊菊である。式神を使って現われるだけでなく、本書では江戸に下《くだ》った公家に託して、喋《しゃべ》る人形（咲耶にとっては呪《のろ》いの人形である）まで送りつけた、困った人だ。でも、憎《にく》めない人でもある。姑《しゅうとめ》のキヨノも、嫌味ばかりいう割《わり》には、やはり憎めないところがある。京で陰陽師をしている咲耶の父親や、神主仕事はやらず囲碁《いご》ばかりしている宗高の父親のキャラクターも、少し見えてきた。

さらに第一巻収録の「金太郎《きんたろう》、泣く」から荒山神社の住人になった、付喪神《つくもがみ》の金太郎人形に加え、「文字が消える」の騒動を経て、新たな付喪神も住人になりそうだ。咲耶と宗高を中心に、どんどん広がっていく人と妖《あやかし》の輪も、本シリーズの見どころになっているのである。

ところで私は、よく『奥様は魔女』を見ていたが、なかでも好きだったのが、魔法で呼び出された歴史上の有名人絡《がら》みの騒動を描いた話（何話かある）だった。快調に続きそうな本シリーズ、どこかでこのネタをやってくれないかと、密かに期待しているのである。

一〇〇字書評

切り取り線

購買動機（新聞、雑誌名を記入するか、あるいは○をつけてください）

□（　　　　　　　　　　　）の広告を見て	
□（　　　　　　　　　　　）の書評を見て	
□ 知人のすすめで	□ タイトルに惹かれて
□ カバーが良かったから	□ 内容が面白そうだから
□ 好きな作家だから	□ 好きな分野の本だから

・最近、最も感銘を受けた作品名をお書き下さい

・あなたのお好きな作家名をお書き下さい

・その他、ご要望がありましたらお書き下さい

住所	〒				
氏名		職業		年齢	
Eメール	※携帯には配信できません		新刊情報等のメール配信を 希望する・しない		

この本の感想を、編集部までお寄せいただけたらありがたく存じます。今後の企画の参考にさせていただきます。Eメールでも結構です。

いただいた「一〇〇字書評」は、新聞・雑誌等に紹介させていただくことがあります。その場合はお礼として特製図書カードを差し上げます。

前ページの原稿用紙に書評をお書きの上、切り取り、左記までお送り下さい。宛先の住所は不要です。

なお、ご記入いただいたお名前、ご住所等は、書評紹介の事前了解、謝礼のお届けのためだけに利用し、そのほかの目的のために利用することはありません。

〒一〇一－八七〇一
祥伝社文庫編集長　清水寿明
電話　〇三（三二六五）二〇八〇

祥伝社ホームページの「ブックレビュー」からも、書き込めます。

www.shodensha.co.jp/bookreview

祥伝社文庫

女房《にようぼう》は式神遣《しきがみつか》い！　その2　あらやま神社《じんじや》妖《よう》異録《いろく》

令和 4 年 6 月 20 日　初版第 1 刷発行

著　者　五十嵐佳子《いがらしけいこ》
発行者　辻　浩明
発行所　祥伝社《しようでんしや》
東京都千代田区神田神保町 3-3
〒 101-8701
電話　03（3265）2081（販売部）
電話　03（3265）2080（編集部）
電話　03（3265）3622（業務部）
www.shodensha.co.jp
印刷所　堀内印刷
製本所　ナショナル製本
カバーフォーマットデザイン　中原達治

Printed in Japan ©2022, Keiko Igarashi ISBN978-4-396-34817-5 C0193

祥伝社文庫の好評既刊

今村翔吾

火喰鳥《ひくいどり》 羽州《うしゅう》ぼろ鳶《とび》組

かつて江戸随一と呼ばれた武家火消・源吾《げんご》。クセ者揃いの火消集団を率いて、昔の輝きを取り戻せるのか!?

今村翔吾

夜哭烏《よなきがらす》 羽州ぼろ鳶《とび》組②

「これが娘の望む父の姿だ」火消としての矜持を全うしようとする姿に、きっと涙する。最も〝熱い〟時代小説!

今村翔吾

九紋龍《くもんりゅう》 羽州ぼろ鳶《とび》組③

最強の町火消とぼろ鳶組が激突!? 残虐な火付け盗賊を前に、火消は一丸となれるのか。興奮必至の第三弾!

あさのあつこ

にゃん! 鈴江三万石江戸屋敷見聞帳

町娘のお糸が仕えることになったのは、鈴江三万石の奥方様。その正体は……なんと猫!?

葉室　麟

蜩ノ記 ひぐらしのき

命を区切られたとき、人は何を思い、いかに生きるのか? 大ヒットし数多くの映画賞を受賞した同名映画原作。

葉室　麟

潮鳴り しおなり

『蜩ノ記』に続く、豊後《ぶんご》・羽根《うね》藩シリーズ第二弾。〝襤褸蔵《ぼろぞう》〟と呼ばれるまでに堕ちた男の不屈の生き様。

祥伝社文庫の好評既刊

辻堂　魁
はぐれ烏《がらす》　日暮し同心始末帖①
旗本生まれの町方同心・日暮龍平《ひぐれりゅうへい》。実は小野派一刀流の遣《つか》い手。北町奉行から凶悪強盗団の探索を命じられ……。

辻堂　魁
花ふぶき　日暮し同心始末帖②
柳原堤《やなぎわらづつみ》で物乞いと浪人が次々と斬殺された。探索を命じられた龍平は背後に見え隠れする旗本の影を追う！

辻堂　魁
冬の風鈴　日暮し同心始末帖③
佃島《つくだじま》の海に男の骸《むくろ》が。無宿人《むしゅくにん》と見られたが、成り変わりと判明。その仏には奇妙な押し込み事件との関連が……。

有馬美季子
はないちもんめ
口やかましいが憎めない大女将・お紋、美貌で姉御肌の女将・お市、見習い娘・お花。女三代かしまし料理屋繁盛記！

有馬美季子
はないちもんめ　秋祭り
お花、お市、お紋が見守るすぐそばで、娘が不審な死を遂げた――。食中りか毒か。女三人が謎を解く！

有馬美季子
はないちもんめ　冬の人魚
北紺屋町の料理屋〝はないちもんめ〟で「怪談噺の会」が催された。季節外れの人魚の怪談は好評を博すが……？

祥伝社文庫の好評既刊

小杉健治

札差殺し 風烈廻り与力《よりき》・青柳剣一郎《あおやぎけんいちろう》①

旗本の子女が自死する事件が続くなか、富商が殺された。頬に走る刀傷が疼《うず》くとき、剣一郎の剣が冴える！

小杉健治

火盗《かとう》殺し 風烈廻り与力・青柳剣一郎②

江戸の町が業火に。火付け強盗を利用するさらなる悪党、利用される薄幸の人々のため、怒りの剣が吼える！

小杉健治

八丁堀殺し 風烈廻り与力・青柳剣一郎③

闇に悲鳴が轟《とどろ》く。剣一郎が駆けつけると、斬殺された同僚が。八丁堀を震撼させる与力殺しの幕開け……。

武内 涼

不死鬼《ふしき》 源平妖乱《げんぺいようらん》

平安末期の京を襲う血を吸う鬼を狩る《影御先》。打倒平家を誓う源義経と手を組み、鬼との死闘が始まった！

武内 涼

源平妖乱《げんぺいようらん》 **信州吸血城**

多くの仲間の命を代償に京から殺生鬼を一掃した義経たち。木曾義仲の援護を受け、吸血の主に再び血戦を挑む！

武内 涼

源平妖乱《げんぺいようらん》 **鬼夜行《おにやこう》**

古えの怨禍を薙ぎ払え！ 義経、弁慶、木曾義仲らが結集し、妖鬼らとの最終決戦に挑む。傑作趙伝奇、終幕。